VAN

La esposa de su enemigo

BRONWYN JAMESON

Editado por Harlequin Ibérica.
Una división de HarperCollins Ibérica, S.A.
Núñez de Balboa, 56
28001 Madrid

© 2008 Bronwyn Turner
© 2016 Harlequin Ibérica, una división de HarperCollins Ibérica, S.A.
La esposa de su enemigo, n.º 5 - 25.5.16
Título original: Tycoon's One-Night Revenge
Publicada originalmente por Silhouette® Books.
Este título fue publicado originalmente en español en 2008

I.S.B.N.: 978-84-687-8095-5
Depósito legal: M-5536-2016
Impresión en CPI (Barcelona)
Fecha impresion para Argentina: 21.11.16
Distribuidor exclusivo para España: LOGISTA
Distribuidores para México: CODIPLYRSA y Despacho Flores
Distribuidores para Argentina: Interior, DGP, S.A. Alvarado 2118.
Cap. Fed./Buenos Aires y Gran Buenos Aires, VACCARO HNOS.

Capítulo Uno

Así que había ido. Antes de lo que Donovan Keane había anticipado, teniendo en cuenta el clima y el desplazamiento necesario para llegar al remoto complejo vacacional. Van comprobó con satisfacción que estaba sola.

Bien.

Media sonrisa torció sus labios mientras contemplaba cómo rechazaba el enorme paraguas del botones y trotaba escalera arriba, hacia recepción. Bajo el techo del pórtico, se detuvo para saludar al portero y algo en el movimiento de su cabello rubio rojizo y de su mano le provocó una extraña sensación de *déjà vu*. Durante una fracción de segundo, vaciló entre pasado y presente, entre sueño y realidad.

Después entró en el edificio como un vendaval de piernas largas e impermeable de diseño, dejando a Van solo y sin sonrisa.

Con un puño enguantado, golpeó la palma de su otra mano y rebuscó en su memoria, sin éxito.

–Menuda sorpresa –le dijo a una muda audiencia de aparatos de gimnasia.

Había identificado a Susannah Horton en cuanto la vio llegar a través de la ventana mojada por la lluvia.

Pero eso se debía a las fotos que había visto en las últimas semanas de intensa investigación, los fotógrafos de sociedad australianos adoraban a la rica heredera; no al fin de semana que había pasado en su compañía. Van se apartó de la ventana, se sacudió para liberar la tensión de sus músculos y rodeó el saco de arena que había estado golpeando minutos antes.

Había volado desde San Francisco la mañana anterior, pero las veinticuatro horas que llevaba en The Palisades, en Stranger's Bay, el complejo vacacional tasmanio donde supuestamente habían pasado aquel fin de semana, no habían rellenado el agujero negro de su memoria. Diablos, había estado a punto de comprar el lugar y, aun así, nada le resultaba familiar. Ni el vuelo a Australia, ni el traslado en helicóptero al aislado complejo. Ni siquiera la primera impresionante vista de los chalés salpicados por lo más alto del rocoso promontorio que daba el océano sur.

Nada. Paf. Nada. Paf. Nada.

Van taladró el saco de arena con una letal sucesión de puñetazos que no consiguieron paliar su frustración. La persistente quemazón interna no se debía solo al fin de semana olvidado, o a haber perdido su opción a compra del complejo, superado por un grupo hotelero australiano. Se debía a cómo la había perdido.

Había recibido ese golpe bajo mientras se encontraba inconsciente en la UCI, incapaz de defenderse y menos aún de luchar. Paf. Una contraoferta imparable, perfectamente presentada y calculada. Paf. Y todo por culpa de una traicionera pelirroja llamada Susannah Horton. Pafpafpaf.

A pesar de la amenaza velada que le había dejado en el buzón de voz la noche anterior, no había esperado que apareciese tan pronto. En el mejor de los casos, había esperado una llamada. En el peor, otro «no te atrevas a volver a llamar» de su madre. El que Susannah hubiera ido hasta allí sin previo aviso y sin compañía sugería que él no había malinterpretado las pistas que tenía.

Él había puesto el dedo en la llaga, y no había perdido un minuto en ir a buscarlo al exclusivo gimnasio del complejo.

No la oyó entrar, pero captó el reflejo de un movimiento en el enorme ventanal. Un escalofrío le recorrió la columna lo bastante fuerte como para que el siguiente puñetazo solo rozara un lateral del saco de arena. Recuperó la compostura y lanzó una última combinación de golpes rápidos, fuertes y certeros, que lo dejó sin aliento.

Se quitó los guantes de boxeo y se puso una camiseta. Agarró la toalla y la botella de agua y, esquivando el saco de arena, que aún oscilaba en el aire, fue hacia la lujosa zona de recepción. Mientras andaba, bebía agua y bebía la imagen de la mujer.

De cerca, Susannah Horton impresionaba aún más que tras un cristal mojado. No era deslumbrante; su belleza tenía más que ver con la clase. Alta, esbelta y femenina. Labios generosos equilibrados por una nariz larga y recta. Cabello rojo dorado y piel clara, de las que enrojecían al sol. Ojos verdes rasgados hacia arriba y nublados por la inquietud.

Hasta ese momento había tenido dudas sobre cómo

habían pasado los días, y las noches, ese fin de semana de julio. No recordaba un maldito detalle. Solo tenía la palabra de Miriam Horton, tras una endiablada conversación telefónica, y su instinto. Y creía en su instinto. Cuando los ojos de ambos se encontraron, cuando detectó el calor reprimido en las profundidades verdosas de los de ella, su cuerpo reaccionó con un poderoso destello de reconocimiento. Y cuando se detuvo ante ella, su instinto zumbó como loco.

Sí, se había acostado con él, sin duda.

Y luego le había dado la patada.

Susannah había creído que estaba lista para ese momento. Desde que había oído el mensaje de voz la noche anterior, había tenido tiempo para prepararse. Más de una vez se había maldecido por su impulsiva y temeraria reacción. Más de una vez se había planteado la posibilidad de dar la vuelta y volver a casa.

Pero ¿de qué habría servido? No había imaginado el tono agresivo del mensaje, ni tampoco la amenaza inherente en sus palabras. No había sido tan analítica como solía ser al decidir volar hasta allí, la impulsividad parecía dominar sus relaciones con Donovan Keane, pero había tomado la decisión correcta.

Después de cinco horas de viaje y análisis, la ansiedad inicial de Susannah había adquirido un toque de indignación. Tras ignorar sus llamadas durante semanas, aparecía, dos meses después, con amenazas que se acercaban peligrosamente al chantaje. Ella tenía mucho de lo que arrepentirse respecto a ese fin de semana y sus consecuencias, pero no era la parte culpable. Cuanto más pensaba en el mensaje de voz, más preguntas se planteaba.

Eso era lo que tenía en la cabeza cuando entró al gimnasio de The Palisades y se encontró con Donovan, desnudo de cintura para arriba, machacando el desafortunado saco de arena. Toda su indignación se evaporó al ver el oleaje de sus músculos. Se sintió vacía, mal preparada y muy susceptible a las sensaciones que le provocaba verlo de nuevo.

Cuando él se dio la vuelta y sus ojos se encontraron, golpeó sus sentidos con más fuerza que al saco de arena.

Fue justo como la primera vez que se vieron y que ella se convirtió en el único foco de esa fascinante mirada gris plata. Experimentó la misma excitación, el mismo vuelco en el estómago, la misma explosión de calor en la piel.

Hechizada. Perdida. Lenta al reaccionar.

Tan lenta que él estaba ya ante ella antes de que comprendiera qué fallaba en la escena. Se parecía demasiado a ese primer encuentro; lo veía en su forma de contemplarla en silencio, no como un amante o un conocido, sino casi como si fuera un extraño.

Se preguntó qué estaba ocurriendo. Si era posible que no la recordara. Si realmente era el hombre del que se había enamorado a la velocidad del rayo ese frío fin de semana de julio.

–¿Donovan? –dijo, con incertidumbre.

–¿Esperabas a otra persona?

Con la cabeza ladeada, estrechó los ojos con un gesto tan conocido por ella como el ángulo de sus pómulos y el grosor de su labio inferior. Sí, era Donovan Keane. Con el cabello muy corto, el rostro más agudo y duro, expresión fría como el viento del Antártico, pero sin duda Donovan.

—Tras el tono de tu mensaje, no sabía qué esperar —contestó ella, batallando por recuperar la compostura—. Pero desde luego, no que me mirases de arriba abajo como si no me conocieras.

Él había alzado la toalla que llevaba al cuello para limpiarse el sudor del rostro, pero eso no ocultó el destello de emoción de sus ojos.

—¿Mi mensaje no quedó claro? —preguntó él.

—Francamente, no.

La toalla se detuvo. Por la tensión de su mandíbula y los labios apretados, Susannah comprendió que estaba controlándose. No era una actitud fría y distante; luchaba por ocultar su ira.

—¿Qué parte necesito clarificar?

—La parte en la que estás tan enfadado conmigo —dijo ella, atónita por su hostilidad.

—Puedes dejar de hacerte la inocente, Ricitos de Oro. Ya sabes a qué viene todo esto.

«¿Hacerme la inocente? ¿Ricitos de Oro?». La confusión de Susannah se convirtió en irritación.

—Te aseguro que no me estoy haciendo nada.

—Entonces, deja que te lo aclare. Justo después de que pasáramos un fin de semana juntos, un fin de semana como empleada mía y a buen sueldo, mi puja para adquirir este complejo fue rechazada.

—Tu puja fue mejorada.

—Por el grupo hotelero Carlisle, que dirige tu buen amigo y compañero de negocios, Alex Carlisle.

—La puja de Alex fue legítima —afirmó ella.

—Eso me hicieron creer. Hasta que descubrí, hace una semana, que también es tu prometido. Dime —siguió con tono amable—, ¿te sugirió él que intentaras sacarme los detalles de mi puja? ¿Fue así como preparó una contraoferta tan rápida?

—Eso no tiene sentido —replicó ella, anonadada por la increíble acusación—. Tu recuerdo de ese fin de semana parece gravemente distorsionado.

—Tal vez deberías refrescar mi memoria —dijo él con voz serena, aunque su rostro se tensó.

—Tú me contrataste. Tuviste que convencerme para que aceptara el trabajo. Te advertí que podría haber un conflicto de intereses, dado que mi madre era propietaria de una gran parte de The Palisades. Pero insististe. Me querías a mí.

Sus miradas chocaron un largo momento. El aire que los separaba chisporroteaba cargado de animosidad y también del calor que implicaban esas últimas palabras: «Me querías a mí». Era cierto, él no podía discutir la realidad de su deseo físico, pero había sido secundario ante la verdadera razón por la que había buscado los servicios de su empresa.

—Me querías porque mi madre era accionista —siguió hablando ella—. Querías que te recomendara a ella, para que toda la junta votara a favor de tu oferta. Pero cuando me tuviste, te confiaste. Solo tendrías que haberte hecho el agradable un poco más y tu puja habría ganado.

–¿No fui agradable? –estrechó los ojos.

–Cuando regresaste a América no deberías haber filtrado mis llamadas. No te habría perseguido. Solo tenías que decir: «Lo hemos pasado bien, Susannah, pero no buscamos lo mismo. Dejémoslo estar». Si no hubieras creído que tenías el negocio en el bolsillo habrías aceptado mis llamadas en vez de esconderte tras tu secretaria…

Se detuvo, molesta por haber revelado cuánto le había dolido su silencio. Pero después cuadró los hombros y lo miró a los ojos con dignidad.

–Solo tenías que haber contestado al teléfono, Donovan. Por lo menos una vez.

Él siguió mirándola, con algo parecido a la frustración en el fondo de los ojos, y Susannah se preparó para el siguiente ataque. Pero él movió la cabeza y caminó hacia la ventana. La lluvia se había transformado en llovizna, y el cielo estaba pintado de un gris brumoso.

Ella pensó que era el mismo color que tenían sus ojos por la mañana. Entonces, él giró y la taladró con esos ojos, sin rastro de la suavidad que recordaba.

–A ver si me aclaro. ¿Estás diciéndome que perdí un negocio de más de ocho dígitos, en el que llevaba meses trabajando, por no devolverte las llamadas? –Donovan resopló, incrédulo.

Dicho así sonaba a venganza infantil, sin duda. A Susannah se le revolvió el estómago al comprender que tenía razón. En su decisión había habido cierta parte de venganza, pero también otros muchos factores. Alzó la cabeza con orgullo.

–Fue más complicado que eso.

—La complicación se llama Alex Carlisle. Tu prometido.

—Eso fue solo una cosa —contestó ella con cautela. Había otra que Donovan Keane no debería saber.

—Eso nos lleva de vuelta a mi pregunta original.

Con movimientos pausados, regresó hacia ella. La determinación de su rostro hizo que Susannah se estremeciera de ansiedad. No necesitaba que le dijera qué pregunta. Se refería a la que había dejado en su contestador la noche anterior: «¿Sabe tu prometido que te has acostado conmigo?».

La pregunta se alzó entre ellos como un muro. Susannah no tuvo que decir nada. Sabía que él había leído la respuesta en sus ojos y que no merecía la pena negarla. Pero quedaba una cosa por decir, y muy importante.

—Entonces no estaba comprometida con Alex.

—Sin embargo, has venido. Solo puedo suponer que quieres proteger tu oscuro y sucio secreto.

Los ojos de Susannah se ensancharon ante esas palabras. Quitaban todo valor a algo que ella había creído especial, si bien había sido una tonta de campeonato al creer que habían compartido algo más que una aventura de fin de semana.

—Como no te has puesto en contacto con Alex, he supuesto que quieres algo de mí a cambio de mantener el silencio sobre mi... error de juicio.

Los ojos de él destellaron, heridos. Un punto para ella, que le dio alas a su maltrecho ego.

—¿Para qué has vuelto aquí, Donovan? —preguntó—. ¿Qué quieres de mí?

—Quiero saber cómo y cuándo se involucró Carlisle en esto. The Palisades no estaba en el mercado oficialmente. Hice todo el trabajo, yo les convencí para que vendieran —clavó los ojos en ella, despiadados—. ¿Le ofreciste tú el trato?

—Sí —admitió Susannah un momento después—. Pero solo…

—Nada de peros ni solos. Si tú lo metiste en el negocio, puedes volver a sacarlo.

—¿Cómo esperas que haga eso? —alzó la voz, incrédula—. Horton aceptó la oferta de Carlisle. Los contratos ya están redactados.

—Redactados, no firmados.

Por supuesto que no estaban firmados, no lo estarían hasta que se cumplieran las dos partes del trato que había negociado con Alex.

—Me da igual cómo lo hagas —dijo él. Se puso una sudadera—. Es problema tuyo.

Atónita por la audacia de su orden, Susannah tardó unos segundos en comprender lo que significaba esa sudadera.

—¿Te marchas? —preguntó con alarma.

—Hemos dicho lo necesario de momento. Te dejaré para que hagas las llamadas necesarias.

Todos sus instintos clamaron que lo detuviera, que explicara la imposibilidad de hacer lo que pedía pero, aunque le disgustaba admitirlo, él tenía razón. Necesitaba pensar, considerar sus opciones y decidir a quién debía telefonear.

—Una de esas llamadas debería ser a tu madre —dijo él desde la puerta—. Pregúntale qué sabe sobre si devolví o no tus llamadas. Y, de paso, no iría mal que os pusierais de acuerdo sobre qué historia contáis respecto a tu compromiso.

Sí había llamado.

Hacía una semana, según Miriam Horton, que estaba en la oficina de Melbourne de la empresa de contratación de servicios de conserjería y viajes de Susannah. Su madre no era una empleada permanente, gracias a Dios, pero ayudaba cuando hacía falta. Muchas veces quien necesitaba la ayuda no era Susannah, sino Miriam. A pesar de pertenecer a varios comités benéficos y dirigir Horton Holdings, Miriam necesitaba hacer aún más para llenar el vacío dejado por la muerte de su esposo, tres años antes.

Necesitaba ser necesitada, algo que Susannah entendía muy bien.

Lo que no entendía era que Miriam no le hubiera comunicado la llamada de Donovan. Hacía una semana. Una semana que había pasado trabajando con ella, preparándola para hacerse cargo durante su ausencia, que duraría dos semanas.

Susannah caminó hacia la ventana, preguntándose cómo podía haberle ocultado eso su madre.

—Ibas con Alex a visitar el rancho familiar —se había justificado su madre—. Sé que estabas nerviosa por conocer a su madre y convencer a sus hermanos de que había elegido a la esposa adecuada. No quería añadir una carga más.

—Un cliente nunca es una carga —había dicho Susannah.

–¿Un cliente? –Miriam había chasqueado la lengua con desaprobación–. Ambas sabemos que Donovan Keane traspasó esa frontera.

–Deberías haberme dicho que había llamado.

–¿De qué habría servido, cariño?

«Habría estado preparada para su reaparición. Podría haber preparado una explicación y no quedar como una tonta», pensó.

–No me habría pillado desprevenida cuando volvió a llamar.

–Le dije, con toda claridad, que no volviera a llamarte nunca –dijo tras un momento de silencio.

–No tenías ningún derecho a hacer eso.

–Una madre siempre tiene derecho a proteger a su hija –replicó Miriam–, tal y como descubrirás cuando seas madre. Ese hombre te utilizó y luego te dejó de lado. Ahora estás comprometida con un hombre honorable en cuya palabra puedes creer. ¿Hace falta que te lo recuerde?

No hacía ninguna, pero las últimas palabras de Donovan resonaron en sus oídos.

–¿Qué le dijiste sobre mi compromiso?

–No recuerdo las palabras exactas.

–¿Mencionaste cuándo acepté la propuesta de Alex? –cuando su madre hizo un sonido vago de incertidumbre, Susannah se quedó helada. Miriam Horton tenía una capacidad legendaria para recordar nombres, lugares y datos. Eso la convertía en un valioso, aunque molesto, miembro del equipo de A Su Servicio, su empresa–. ¿Le dijiste que ya estaba comprometida cuando nos conocimos?

14

–Puede que él haya llegado a esa conclusión, pero no veo qué importancia podría tener.

Susannah se apretó el puente de la nariz, entre exasperada y resignada. Por fin entendía por qué él la había mirado con tanto desprecio.

–Has dicho que te había llamado –comentó Miriam.

–Anoche. Está aquí, mamá. En Australia.

–Por favor, dime que no vas a verlo, Susannah. Por favor, dime que no es la razón de que Alex llamara hoy para preguntarme dónde estás. Sonaba nervioso, cortante y un poco... molesto.

Susannah predijo que sería bastante más que un poco. Y no lo culpaba. Tras decidir volar allí, había intentado telefonear para decirle que se iba de viaje a pensar las cosas, pero él no había contestado... eso se estaba convirtiendo en la historia de su vida.

Con las prisas de organizarse y llegar al aeropuerto a tiempo, había pedido a su hermanastra que le comunicara lo de su viaje. No dudaba que Zara le habría dado el mensaje, y que no habría revelado más de lo estrictamente esencial.

Sin embargo, Susannah acababa de comprobar lo poco fiable que podía ser la transmisión de mensajes... y las consecuencias. La idea de enfrentarse a otro hombre enfurecido la incomodaba, pero tenía que hacerlo. Tenía que decirle a Alex que estaba bien, que no lo había abandonado y que solo había sentido pánico cuando resurgió un problema de su pasado. Seguía teniendo la intención de casarse con él.

Fue hacia el escritorio y alzó el auricular. En ese remoto rincón del país los móviles no tenían cobertura, lo que era positivo y negativo, dependiendo del cliente. Imaginaba que tanto Alex como Zara habían intentado localizarla y estarían sorprendidos por su desaparición, ya que nunca apagaba el móvil y no había dicho adónde iba.

Dado el cúmulo de malentendidos, no desvelar su destino había sido una gran suerte. Un encuentro entre Donovan y Alex solo llevaría a un desagradable enfrentamiento. Ella había enredado las cosas, y ella debía desenredarlas.

Empezando con la llamada telefónica a Alex y terminando con la explicación que Donovan se merecía.

Capítulo Dos

Protegido de las miradas del exterior, en el jacuzzi de su chalé, Van observó el progreso del paraguas amarillo que subía y bajaba entre arbustos y salientes rocosos. Además de los caminos asfaltados que proporcionaban acceso a los vehículos, una serie de senderos para peatones cruzaban toda la propiedad… Pero dudaba que Susannah estuviera dando un paseo revitalizador bajo la lluvia.

Van lo había intentado tras salir del gimnasio, más bien una carrera que un paseo, antes de sumergir sus cansados músculos en el agua. Para facilitar su relajación, tenía una botella de pinot tinto a su lado. La combinación había funcionado de maravilla hasta que vio ese paraguas.

Hacía hora y media que habían hablado. Noventa minutos para que ella hiciera sus llamadas, comparara opiniones y preparara su oferta. Si hubiera mucho en juego, no habría viajado hasta allí. No habría reaccionado a sus acusaciones. Se habría encogido de hombros y le habría dado una tarjeta de Alex Carlisle.

Antes había estado tenso y en guardia, intentando ocultar su punto débil. Si ella hubiera aprovechado la inexactitud de sus recuerdos de aquel fin de semana, habría adquirido una gran ventaja. Pero pasado el encuentro inicial, si hacía las preguntas y observaciones correctas, ella rellenaría algunas lagunas de su memoria… Y, después de haberla visto, deseaba más que nunca recordar ciertas cosas.

No solo por su belleza, que había esperado por las fotos que había visto, sino por su actitud. No sabía si había utilizado la frase «¿cómo osas acusarme?», pero su postura defensiva y mirada altanera habían sugerido exactamente eso.

Le sorprendía que esa pose de dignidad herida le excitara tanto. Por no hablar de los ojos verdes que habían encendido su sangre.

A pesar de haber corrido kilómetros bajo la lluvia, a pesar del viento helado en la piel, el calor de su encuentro seguía acariciándolo. No era extraño que lo hubiera atraído a su cama ese fin de semana que él no podía recordar. O, si creía la versión de ella, cuánto había disfrutado él seduciéndola. Sin duda, independientemente de quién hubiera propiciado el asunto, la conclusión había sido gloriosa.

Un saludo y una caricia de esos ojos lo habrían tumbado a sus pies.

Volvió a asaltarlo su incapacidad de recordar dónde, cuándo o cuántas veces, pero con menos fuerza que antes. La frustración quedaba atemperada por el desarrollo del primer encuentro y por la anticipación de cómo sería el siguiente.

Tenía intención de divertirse un poco.

Cuando vio que ella pasaba ante los arbustos que ocultaban su chalé de la vista, salió del agua. Durante un instante malévolo, se planteó ir a la puerta tal y como estaba: desnudo, mojado y, sabiendo quién era su visita, excitado.

Pero se puso un albornoz, no por modestia, sino por la misma razón por la que se había puesto una camiseta cuando ella llegó al gimnasio; no quería que ella viera las cicatrices o pensara en su origen. Prefería mantener esa carta oculta en la manga, solo la sacaría en caso de absoluta necesidad.

Fue hacia la puerta de la terraza y la abrió. La brisa le pegó el albornoz contra los muslos húmedos.

Susannah llevaba un impermeable cerrado de arriba abajo y su rostro expresaba determinación. Titubeó un segundo al ver el atuendo de él, pero luego lo miró a los ojos, firme pero sonrojada.

—Disculpa —dijo—. Estabas en la ducha.

—En el jacuzzi. ¿Te gustaría unirte a mí?

—Gracias —dijo ella, tras parpadear con sorpresa—. Prefiero dejarlo para un día no lluvioso.

Guapa, inteligente e irónica. Van sintió que su admiración por Susannah Horton crecía segundo a segundo.

—El jacuzzi está bajo cubierto, el agua caliente, la botella de vino abierta —alzó su copa hacia ella—. Y es bueno.

—No he traído traje de baño.

—Yo tampoco —dijo Van—. No me parece un problema.

—Ni a mí, pero nuestros días de jacuzzi pertenecen al pasado —afirmó ella, aunque el rubor de sus mejillas subió de tono.

—Supongo que es mi compañía lo que rechazas, pero estás aquí.

19

–Seré breve. Me voy a las cuatro.

–¿Siempre eres tan estricta con tus horarios?

–Solo cuando tengo un vuelo reservado –contestó ella. Van comprendió que hablaba de marcharse del complejo, no de su puerta. La tormenta había impedido el despegue de los helicópteros todo el día, pero supuso que ella se enteraría antes o después. No dijo nada.

–Es una pena que rechaces el jacuzzi, pero sigue estando el vino. ¿Por qué no entras y tomas una copa? –abrió la puerta de par en par.

Ella lo miró como si la hubiera invitado a entrar en una guarida de lobos. A él le costó no enseñarle los dientes como un perro rabioso.

–Tú debes estar calentita con tu impermeable, pero a mí se me están helando… las partes, aquí.

–Tal vez deberías vestirte –sugirió ella. Con cuidado de evitar sus «partes», entró en la casa.

«No», pensó Van, perverso, «prefiero el albornoz porque te pone nerviosa».

–¿Por qué no te quitas el impermeable? –sugirió, admirando el bamboleo de sus caderas –. Estás en tu casa. Te serviré una…

–No es una visita social –repuso ella, paseando por la sala como si no supiera dónde plantar los sensuales tacones de sus botas–. No quiero vino.

–Luego es de negocios –Van dejó su copa en la mesa–. Me impresionas. No creía que pudieras conseguir hablar con Carlisle tan rápido.

Eso hizo que ella se detuviera ante el sofá de cuero. No se sentó. Cuadró los hombros y alzó la barbilla antes de volverse hacia él.

–Aún no he hablado con Alex. Probablemente no lo localice hasta el lunes.

Van apoyó las caderas en la mesa del comedor y se cruzó de brazos.

–¿No puedes localizar a tu prometido durante el fin de semana? –preguntó.

–No contesta a sus teléfonos, y eso significa que no está en la oficina ni en casa. Seguiré probando con su móvil, pero si no tiene cobertura… –encogió los hombros– no puedo hacer más.

–Muy conveniente.

–No especialmente –repuso ella sin pestañear, aunque sus ojos se aguzaron–. Preferiría poder localizarlo.

–¿Y tu madre? ¿Contesta ella a sus teléfonos?

–Sí. He hablado con ella y me ha dicho que llamaste la semana pasada. Lamento que no me diera el mensaje, y más aún que te diera una idea equivocada sobre mi compromiso.

–¿Estás diciéndome que no estás comprometida con Alex Carlisle? –preguntó Van tras escrutar su rostro unos segundos.

–No lo estaba en julio. Ahora sí –aclaró–. ¿Por qué tengo la sensación de que no me crees?

–Porque, aparte de tu madre, no he conseguido encontrar a nadie que lo sepa. Mucha gente os menciona a Carlisle y a ti en artículos de negocios y sociedad, pero no se habla de compromiso.

–Así es como nos gusta que sea –dijo ella con rabia. Después, como si se arrepintiera de esa muestra de mal genio, apretó los labios y se recompuso antes de seguir–. Nuestras familias son muy conocidas, sobre todo los Carlisle, y no queremos que nuestros planes de boda se conviertan en un circo. Alex decidió, los dos lo hicimos –corrigió–, no hacer el anuncio hasta después de la boda.

–¿Y cuándo será eso?

–Yo… no hemos decidido la fecha aún –movió la mano izquierda con vaguedad.

–¿Será pronto? –los ojos de Van examinaron su mano y, satisfecho, se puso en pie.

–Sí –dijo ella–. Muy pronto.

Desde que había abierto la puerta, Susannah se había sentido en desventaja. Todo, desde el albornoz mal abrochado, al brillo burlón de sus ojos y a la sugerencia de que se metieran desnudos en el jacuzzi, le traía recuerdos que no deseaba. Estar en el chalé empeoraba las cosas. No podía concentrarse teniendo a la vista todos los lugares donde se habían besado, acariciado y desnudado.

Se había obligado a mantener los ojos clavados en su rostro, y la conversación la había ayudado a no pensar. Hasta ese momento. Cuando se acercó, ella fue muy consciente de la poca ropa que él llevaba encima y de lo expuesta que se sentía. El corazón le golpeó contra las costillas. No sabía qué quería él, por qué se había puesto en pie ni por qué había mirado con tanta atención su…

–¿Por qué no llevas anillo?

Susannah abrió la boca, no encontró respuesta y volvió a cerrarla. Él agarró su mano izquierda.

–¿No es eso lo habitual cuando uno está comprometido para casarse? ¿Lucir un diamante en este dedo?

Acarició su anular con la yema del pulgar. Fue un roce leve, pero estaba tan cerca de ella que captó el calor masculino de su piel y su cuerpo se estremeció con recuerdos mucho menos inocentes. Se ruborizó levemente.

–No tengo anillo de compromiso.

–¿Carlisle no te ha comprado un diamante? ¿Qué te ha dado entonces? ¿Un paquete de acciones? ¿Capital para expandirte? ¿Un acuerdo de exclusividad para utilizar los servicios de tu empresa en su cadena hotelera?

Su voz sonó suave y burlona, pero no dejó de mirarla ni un segundo. Ella se recordó que había ido hasta allí para decirle la verdad. Para explicarle por qué no podía darle lo que pedía. Aunque sentía un cosquilleo en el estómago, tenía que intentarlo.

–Me ofreció ayuda para rescatar mi negocio.

–¿Tienes problemas financieros?

Susannah liberó su mano, pero la calidez del contacto siguió cosquilleando en su piel. Eso la avergonzaba tanto como admitir los problemas de su empresa. Sabía que se había ruborizado.

–Me expandí demasiado rápido, tenía ideas grandiosas y quería demostrar que podía triunfar sola. Pedí un préstamo poco ventajoso y, sí, me resulta muy difícil solventar la deuda.

–Eso me parece difícil de creer. Eres una Horton. Tus padres…

–No quería su ayuda –le interrumpió–. No quería el dinero de mi padre. De eso se trataba. Ya sabes por qué.

23

Ella le había contado la vida secreta de su padre y por qué había abandonado el negocio familiar para montar su propia empresa, pero la expresión de él le hizo pensar que era otra de las cosas que había olvidado de aquel fin de semana.

—¿Aceptar la ayuda de tus padres es distinto a aceptar la de tu futuro marido?

—Sí —dijo ella con fiereza—, desde luego. Esto es un trato entre dos partes.

—¿Qué recibe Carlisle a cambio?

—A mí.

Sus miradas se encontraron. Algo chispeó en los ojos de Donovan, un atisbo de ira o negación que ocultó rápidamente. Se echó hacia atrás y la estudió con obvia desaprobación.

—Así que se ha comprado una esposa. Una Horton de sangre azul con las mejores credenciales, y un complejo vacacional por añadidura.

El dardo hizo diana, pero Susannah no pestañeó. Sabía qué clase de contrato matrimonial había aceptado. Entendía los términos, había pasado una semana diseccionándolos antes de llegar a una decisión. Alzó la barbilla.

—Alex cree que es un trato muy ventajoso.

—Pero no lo sabe todo sobre ti, ¿verdad?

—No sé a qué te refieres.

—Sí lo sabes —su voz sedosa desentonaba con su mirada acerada—. ¿Qué opina Alex de que su esposa se acueste con los clientes?

—Puede que su esposa haya hecho malas elecciones en el pasado, pero fue antes de hacer votos de fidelidad.

Cuando se entregue a un hombre, no lo engañará. Sabe bien el daño que eso causa a todos los implicados.

–¿Has hecho muchas malas elecciones como esa?

–Solo recuerdo una.

–No puede haber sido todo malo –dijo él. Sus miradas se enfrentaron un segundo. Ella no podía mentir, pero no se le ocurría una respuesta. Ni siquiera sabía si estaba consiguiendo que sus ojos no reflejaran la verdad que ocultaba en el pecho.

«Recuerdos. No son más que recuerdos engañosos», se dijo, antes de hablar.

–No. No todo fue malo. Aprendí varias lecciones valiosas sobre las decisiones precipitadas: que me va mejor cuando me dejo guiar por mi naturaleza cautelosa. Y que debo pensar en las consecuencias finales de mis actos. Aprendí a preguntarme «¿por qué me desea este hombre?». Y a responder honestamente.

–¿No crees que podría haberte deseado a ti, sin más? –una llama chispeó en sus ojos plateados.

–Me deseabas, y te aseguraste de conseguirme. Pero no desvelaste tus verdaderos motivos hasta después de tenerme.

Los labios de él se tensaron y un músculo se movió en su mejilla. Durante una fracción de segundo, ella creyó ver un destello de arrepentimiento en sus ojos. Entonces él se dio la vuelta y fue hacia la cocina. Había dado media docena de pasos cuando giró en redondo.

Su expresión volvía ser inescrutable, pero sus angulosos pómulos y su boca recta le daban un aire peligroso y duro. Ella se puso en estado de alerta nuevamente.

–No has mencionado esto –señaló a su alrededor

con la mano–. ¿Cómo encaja en la fusión Carlisle-Horton?

–No entraba al principio, no hasta que Alex se declaró.

–¿Y cuándo fue eso?

Susannah apretó los labios y calló el «no es asunto tuyo», que pugnaba por salir de su boca. Quería datos y se los daría. Tal vez entonces comprendería la imposibilidad de lo que buscaba.

–A finales de julio, después de nuestro fin de semana. Estaba un poco… furiosa por esa experiencia.

–¿Pero fuiste receptiva a una fría declaración, equivalente a un contrato empresarial?

–Fui receptiva a la honestidad –contestó ella. La alegró ver un destello de irritación en sus ojos; se merecía un golpe bajo, él ya había dado bastantes–. Sopesé los pros y los contras. Hablé con mi madre y, de paso, le conté lo que había ocurrido entre nosotros. Decir que no la hizo feliz sería un eufemismo.

–¿Tu madre es quien da la aprobación a tus amantes?

–No le gustó que me hubieras utilizado para que ella recomendara tu puja. Retiró su aprobación.

–Ella solo es un miembro de esa junta directiva –la miró con dureza–. ¿Estás diciendo que todos los demás estuvieron de acuerdo?

–No de inmediato, pero como viuda de Edgard Horton, su opinión tiene mucho peso. Arguyó en contra de tu falta de escrúpulos de negocios; la escucharon, pero querían vender. Así que mi madre pidió que le concedieran una semana para encontrar a otro comprador.

–Entonces encontró a Carlisle y añadió una cláusula

al contrato matrimonial: «Tendrás a mi hija solo si mejoras la oferta que tenemos por The Palisades» –soltó una risa ronca y dura–. Y ahí entraste tú, que conocías perfectamente mi puja.

–No –objetó Susannah con vehemencia–. Yo no tuve nada que ver.

–¿Estás diciéndome que todo lo arreglaron tu madre y Carlisle? ¿Sin tu conocimiento?

–Acepté el contrato matrimonial. Acepté todas las cláusulas, incluyendo la de The Palisades. No quería que te quedaras con este lugar. No quería volver a verte nunca –vio una objeción en los ojos de él y se apresuró a seguir–. Pero no desvelé nada respecto a tu puja. ¿Cómo iba a saber qué divulgar, por Dios santo? ¿Crees que te leo el pensamiento, o que murmuraste cifras millonarias mientras dormías, o que miré tus archivos?

Susannah calló y sus ojos se ensancharon al ver su expresión pétrea. Sí que lo creía. Movió la cabeza y dejó escapar una risa incrédula.

–¿Cómo crees que podría haberlo hecho? Pasamos todo el tiempo aquí… –señaló a su alrededor con el brazo– en el chalé que había reservado yo. ¿Acaso crees que después de agotarte en el dormitorio, saqué la llave de tu habitación del bolsillo y bajé por el acantilado en plena noche para espiar en tu ordenador portátil?

El arrugó la frente con consternación, pero Susannah ya no quería diseccionar qué pensaba, sentía o simulaba no sentir. Siempre se había enorgullecido de su habilidad para contener sus emociones, para presentar sus argumentos con lógica y claridad. Sin embargo, en ese momento sentía ira y decepción.

Cuando él había dicho que no todo podía haber sido malo, se había permitido recordar fugazmente lo bueno. Lo estimulantes que habían sido sus conversaciones, tanto si eran en tono de broma como de debate. El placer de pasear a su lado, de la mano. El placer más complejo de sentir su cuerpo unido al de ella, transportándola a lugares y sentimientos hasta entonces desconocidos.

Había creído que lo ocurrido después, las consecuencias, el que no contestara a sus llamadas, habían destruido los buenos recuerdos, pero no era así. Algunos seguían vivos, y él los había aprovechado para lanzarle esas insultantes acusaciones. En ese momento se sentía enfadada, amargada y profundamente decepcionada con él y con su propio mal juicio. Tomó aire para decir lo que le quedaba por decir.

–Estaba a punto de contarte por qué accedí a añadir The Palisades al contrato matrimonial, pero me ahorraré el aliento. Es obvio que no recuerdas nada de mi carácter, de mi pasado, ni de lo que compartimos ese fin de semana. Empiezo a preguntarme si me recuerdas en absoluto.

De repente, sintió frío y un intenso cansancio. Quería un hogar y la seguridad de la vida que había elegido, sensata, agradable y ordenada. Rodeó la mesa del comedor y fue hacia la puerta.

Él la llamó, pero siguió andando. Cuando oyó sus pasos en el suelo, fue más rápido. Con dedos temblorosos, abrió la puerta. Pero una enorme mano se apoyó en la jamba y volvió a cerrarla.

Ella miró su pulgar mientras el corazón se le aceleraba y su cuerpo captaba la familiar calidez de él a su espalda. Demasiado cerca, demasiado familiar. La cólera se desató en su interior.

–Déjame salir –masculló. Apretó los dientes.

–Aún no –su voz sonó grave y conciliadora. Ella sintió su aliento en la mejilla.

La traicionera respuesta de su cuerpo incrementó aún más su ira. Se negaba a que la convenciera con falsas disculpas.

–Tienes tres segundos antes de que me ponga a gritar como una loca. Aunque lo hayas olvidado todo, al menos recordarás la potencia de uno de mis gritos –cerró los ojos y empezó a contar. Él empezó a hablar cuando iba por el dos.

–No lo recuerdo, Susannah. No te recuerdo a ti, no recuerdo tu grito, no recuerdo nada.

Capítulo Tres

Atónita, Susannah se apartó de la puerta y se volvió hacia él. Van no se movió, así que apenas tuvo sitio para maniobrar. El impacto de sus palabras se emborronó con el de que las rodillas de él entraran en contacto con sus muslos, el codo de ella con su pecho. Volvió a sentir un intenso cosquilleo de calor en la piel.

Apretó los párpados y se obligó a controlar sus recuerdos, diciéndose que no eran más que eso, para concentrarse en el presente. En la memoria o carencia de memoria de él. Pero cuando abrió los ojos se encontró con la uve de pecho que dejaba a la vista el albornoz. Piel desnuda, salpicada de vello oscuro, la línea de carne hinchada…

Tragó aire y, sin pensarlo, apartó el albornoz. Tenía una gran cicatriz que no había existido diez semanas antes.

–Dios mío, Donovan. ¿Qué te ocurrió?

No contestó, y ella alzó la vista. Estaba concentrado en la mano que agarraba el albornoz y en los nudillos apoyados en su piel desnuda. Ella soltó el albornoz y él levantó la cabeza y le acarició el rostro con esos ojos plateados. Susannah reconoció la mirada, pero no quiso recordarla.

Sin contestar, él fue hacia la mesa donde había dejado la botella de vino tinto. La alzó y enarcó una ceja, interrogante. Susannah asintió, y la familiaridad del silencioso intercambio dibujó una expresión confusa en su rostro mientras él servía dos copas.

«No te recuerdo a ti, no recuerdo tu grito, no recuerdo nada».

—No recuerdas… ¿Tiene que ver con lo que te causó esa cicatriz? —su mente daba vueltas a las posibilidades—. ¿Tuviste un accidente?

—Un accidente no. Me asaltaron —se encogió de hombros, como si no tuviera importancia. O como si prefiriera que los demás no se la dieran—. Me desperté con amnesia parcial.

Ella bajó la vista a su pecho, a la cicatriz de nuevo oculta. Se lamió los labios resecos.

—¿Y eso?

—Una de sus armas, por lo visto, era una botella rota —con toda tranquilidad, le ofreció la copa de vino. Susannah consiguió dar la docena de pasos necesarios para aceptarla, aunque le temblaban las piernas.

—¿Dónde ocurrió eso?

—De camino a casa.

—Me dijiste que no tenías casa.

La sorpresa hizo que él detuviera la mano con la que se llevaba la copa a los labios.

—Tengo una casa temporal en San Francisco.

—¿Cuándo ocurrió?

Sus ojos se encontraron por encima de las copas y el corazón de Susannah se saltó un latido, anticipando la respuesta.

–En julio. El día que me fui de aquí.

–¿Estuviste en el hospital? ¿Por eso no…? –tuvo que detenerse y sacudir la cabeza para borrar la imagen de él apaleado y herido– ¿No contestaste a mis llamadas?

–No hasta que regresé la oficina.

–¿Cuánto tiempo estuviste hospitalizado?

–Dos meses en total.

Por eso siempre había estado «no disponible» o «fuera de la oficina». Ella había supuesto que su secretaria filtraba sus llamadas y que él había decidido ignorar sus mensajes. Tras unas semanas se había rendido.

«Dos meses para recuperarse de sus lesiones, Dios mío», pensó. Incapaz de controlar el temblor de sus piernas y manos, dejó la copa y se sentó en la silla que Donovan apartó para ella.

–Eso es mucho tiempo –murmuró.

–Dímelo a mí –dijo él con la misma falsa indiferencia que antes, intentando enmascarar la tensión de su rostro. Por primera vez desde que lo había visto desde el vestíbulo del gimnasio, Susannah se permitió examinarlo de arriba abajo. Parecía tan alto, fuerte y sano que no quería ni imaginar la gravedad de las lesiones que lo habían mantenido hospitalizado tanto tiempo.

–Ahora pareces en forma –le dijo. No necesitaba detalles de esas lesiones. No necesitaba preguntar por qué su secretaria no le había dado ninguna información. Era imposible cambiar lo ocurrido y demasiado tarde para arrepentirse. Decidió aligerar un poco la tensión del ambiente y la opresión que sentía en el pecho–. Ese saco de arena que estabas golpeando esta mañana… ¿tenía pintada la cara de uno de tus atacantes?

—Algo parecido —dijo él con una media sonrisa. Se sentó a su lado.

—¿Te ayudó?

—No tanto como pegar al tipo en persona.

—¿Caíste peleando? —Susannah arqueó las cejas con sorpresa simulada. Conocía la respuesta.

El día de julio que había aparecido en su despacho de repente y ella le había dicho que no estaba disponible para llevarlo a Stranger's Bay, él le había advertido que nunca se rendía sin luchar. Después lo había demostrado ofreciendo una cantidad que ella no podía rechazar, convenciéndola para que cenara con él y seduciéndola con palabras directas y la sonrisa plateada de sus ojos. Había derrumbado sus defensas antes de que terminase el primer asalto.

Y ahora regresaba para seguir con la lucha, una lucha que implicaba ganadores y perdedores.

—Eso me dicen —dijo él en respuesta a su pregunta—. No lo recuerdo, pero por lo visto uno de ellos también acabó en el hospital.

Susannah no consiguió controlar la expresión de horror de su rostro. Alzó la mirada hacia su cabello, más corto. Era extraño no haberse fijado antes en ese detalle.

—¿Te golpearon en la cabeza?

—Y me dejaron inconsciente —confirmó él—, eso puso fin a la pelea.

Ella asintió y tragó saliva. Lo recorrió con la mirada, antes de volver a centrarse en sus ojos.

—¿Recuerdas algo de antes del accidente?

—Todo, hasta que salí de América. Recuerdo algunos momentos de los días que pasé en Melbourne. Una reunión con el director ejecutivo de Horton Holdings. El hotel donde me alojé. Era el Carlisle Grande —dijo Van con una sonrisa irónica. Lo había elegido antes de saber nada de Alex Carlisle y la cadena hotelera de su familia: solo sabía que le gustaban las camas y que la atención era impecable.

—¿No recuerdas haber venido aquí, a Stranger's Bay, ese fin de semana?

—No.

Ella movió la cabeza con escepticismo.

—¿Crees que me lo estoy inventando? —Van entrecerró los ojos. En la pausa de ella y en su leve encogimiento de hombros, leyó sus dudas. Se puso en pie y se alejó unos pasos.

—Te creo, simplemente me resulta muy difícil imaginarme cómo sería no recordar nada.

Ese comentario le hizo darse la vuelta hacia ella. Estaba sentada muy erguida en la silla, con el impermeable color marfil aún abotonado hasta el cuello. Su cabello era una brillante mancha de color contra las ventanas mojadas por la lluvia. Sus ojos expresaban una mezcla de compasión y duda.

De repente, saber que había pasado un fin de semana entero allí mismo, con ella, lo golpeó como una ráfaga de lluvia. Bien podía ser que le hubiera desabrochado y quitado ese impermeable. Que le hubiera quitado las botas. Que la hubiera besado en todos los lugares que había pensado mientras la tuvo atrapada contra la puerta.

—Te veo ahí sentada —dijo, con la voz teñida por la

frustración de no saber–, y me cuesta creer que no pueda recordarte.

Ella parpadeó. Un lento movimiento de pestañas oscuras contra las mejillas pálidas.

–Eso debe ser un poco… raro.

–Podría decirse así –Van soltó una risa seca.

–¿Cómo has manejado la situación?

Él movió el vino en la copa, preguntándose cómo contestar. Cuánto compartir. Pero entonces recordó la compasión de sus ojos y pensó que seguramente ya había compartido mucho más que eso con Susannah Horton.

–Hablé con la gente a la que había visto esa semana. Volví sobre mis pasos. Reconstruí. Maldije un montón.

–Maldecir ayuda a veces.

Van la estudió allí sentada, tan correcta y recatada, y se la imaginó maldiciendo con esa voz clara y su acento de escuela privada. La imagen era intrigante. Ella lo intrigaba.

–Tengo una colega, una mentora, que opina que las maldiciones son la sal de nuestro idioma.

–Mac –dijo ella con voz suave.

–¿Te hablé de ella? –la mano de Van se tensó sobre el tallo de la copa de vino.

–Sí, pero no hace falta que te preocupes. Ni me contaste los secretos de tu familia, ni yo tuve acceso a información sobre tus pertenencias.

Aunque lo dijo con indiferencia, sonó levemente mordaz. Él se merecía la crítica y ella una disculpa.

–Siento haberte insultado con esa insinuación. No pretendía hacer eso.

–¿En serio? ¿Qué pretendías?

–Descubrir qué había ocurrido con la oferta de compra. Cuando me marché de Melbourne había un trato sobre la mesa. Cuando me desperté, una semana después, había desaparecido.

Vio un destello de culpabilidad y tal vez remordimiento en el rostro de ella, que palideció aún más.

–Contarme lo de tu amnesia desde el principio habría facilitado mucho la conversación.

–Para ti, sí.

–¿Y para ti?

–Susannah, llegué aquí sabiendo esto sobre ti: eres hija de Miriam Horton, te contraté para enseñarme Stranger's Bay, estabas comprometida con Alex Carlisle.

–No estaba com…

–Es lo que sabía por tu madre, y toda la gente a quien pregunté encomió su integridad. Pero lo que quiero decir es –siguió, mirándola a los ojos– que llegué aquí pensando lo peor de ti. Si hubieras sabido que no recordaba nada, ¿cómo podría haber creído lo que me dijeras?

–Y ahora, ¿crees lo que te he dicho?

–Sí.

Ella abrió los ojos con sorpresa y su rostro recuperó algo de color. Parecía casi contenta, y Van sintió un pinchazo de satisfacción, del tipo que sentía cuando tenía una ganancia inesperada en la Bolsa o triunfaba en una negociación.

–¿Por qué? –preguntó ella.

–¿Quién podría inventarse una historia como esa?

Sus ojos se encontraron y compartieron el humor seco de la respuesta, en un extraño momento de conexión. Después, la inquietud volvió y le borró la sonrisa a Susannah. Se puso de pie con un movimiento brusco, distinto a su gracia natural, y él pudo ver, momentáneamente, rodilla, muslo y falda. No fue nada sexual ni descarado, pero la imagen le desequilibró.

Había visto esa imagen antes. Apareció y desapareció en la oscuridad que debería haber alojado su recuerdo de ese fin de semana.

—Pero esto no cambia nada, ¿verdad?

Van alzó la cabeza y la sensación se difuminó, dejándolo sin saber si había recordado o imaginado recordar.

—¿El qué? –preguntó arrugando la frente.

—Tu amnesia, el que me haya enterado de tu accidente, no cambia nada –dijo ella.

—¿Ni siquiera tu percepción de por qué perdí la compra del complejo?

Los ojos de Susannah se nublaron con una emoción que Van odiaba. Lástima. Simpatía. Compasión. Fuera lo que fuera, la había visto demasiado a menudo en las últimas diez semanas.

—Una cosa no ha cambiado. Sigo queriendo The Palisades. Y tras oír por qué perdí, lo quiero aún más.

—Lo siento –dijo ella con voz cascada–. Es demasiado tarde. ¿No lo ves? Hay un acuerdo con Alex, el contrato ya ha sido redactado.

—Pero no se firmará hasta que te cases con Carlisle –hizo una pausa. Movió la copa y el vino se movió en círculos, mientras esa idea enraizaba en su cabeza–.

¿Qué ocurrirá con la venta de The Palisades si no se celebra el matrimonio?

—Eso no va a ocurrir —afirmó ella—. Alex es un hombre de mundo. No va a renunciar al trato, por más que hagas o digas. Tu amenaza de exponer nuestra aventura no le hará cambiar de opinión.

—Sin embargo, has venido aquí, imagino que para impedir que lo hiciera.

—He venido a descubrir qué ocurría y por qué habías vuelto. Alex sabe que no estábamos comprometidos ese fin de semana, sabe que no le mentí ni le fui infiel, así que no cambiará de opinión sobre casarse conmigo.

—¿Y si eres tú quien cambia de opinión?

—¿Estás sugiriendo que rompa el compromiso?

—No hablamos de un matrimonio por amor, Susannah. Es un contrato mercantil. No eres más que un instrumento de trueque de alto precio.

El rostro de ella se ensombreció un instante, pero luego sus ojos chispearon con vehemencia y alzó la barbilla.

—Tal vez no me haya explicado bien antes, me has malinterpretado. Sé que es una alianza inhabitual, sellada y atada como un contrato empresarial, pero no ha habido coacción. Quiero casarme con Alex. Esta unión me dará cuanto necesito. Un esposo a quien respeto y admiro, hijos, y las ventajas que ser una Carlisle otorgará a mi empresa.

Se levantó y se enderezó.

—Lo siento Donovan, de veras. Pero no hay nada que yo ni nadie pueda hacer para cambiar lo sucedido. Tengo que irme ya, o perderé el vuelo. Pero cuando regrese a la civilización hablaré con Alex. Es un hombre justo. Tal vez reconsidere esa parte del contrato.

—Antes has dicho que él no daría marcha atrás —estrechó los ojos.

—No creo que lo haga, pero me ofrezco a intentarlo. Es cuanto puedo hacer, aparte de sugerirte algunas otras propiedades que servirían a tus propósitos igual que The Palisades.

—No me interesa otra propiedad. He venido a comprar esta.

—Entonces, todo depende de Alex.

—No si yo puedo evitarlo —se dijo Van cuando ella se marchó. Él siempre dirigía su propio barco. No iba a dejar su destino en manos de un competidor. Alex Carlisle podría ser un hombre justo, pero también era un hombre de negocios con reputación de hacer tratos inteligentes.

¿Por qué iba a renunciar a The Palisades?

«Claro, cariño, romperé el contrato para que tu último amante pueda optar a una propiedad de primera categoría».

Eso no iba a ocurrir. Carlisle quería la propiedad y quería a Susannah como esposa; ¿por qué iba a renunciar a ninguna de esas cosas?

Desde su terraza, Van observó el lento avance del coche de cortesía del complejo por el sendero embarrado, de vuelta a los edificios centrales. La había recogido en su puerta, probablemente para llevarla al helipuerto y al helicóptero que despegaba a las cuatro. Van dudaba que pudiera ir muy lejos con ese tiempo. En la última hora el viento se había acelerado y llovía mucho más.

El que no pudiera marcharse y regresar junto al prometido a quien respetaba y admiraba, no palió el descontento de Van. Era una mezcla de frustración, de oportunidad perdida, de todo lo que ella le había dicho y todo lo que le quedaba por saber.

Apoyó las manos en la barandilla y contempló el desolado paisaje, que parecía hecho a medida para su estado de ánimo. Tras el oscuro acantilado vislumbraba la cresta de las olas en el agua oscura de la bahía. Allá lejos, oculta por la cortina de lluvia, se encontraba Isla Charlotte. La exclusiva y privada isla era el corazón del complejo vacacional, y la razón de que nada pudiera sustituirlo.

Había estado allí en julio, no lo dudaba, a pesar de no tener recuerdos ni fotografías. Había perdido ambas cosas gracias al trío de ladrones. Le habían quitado algo más que sus pertenencias, también le habían robado un tiempo precioso.

Golpeó la barandilla de acero con la mano, llevado por un acceso de furia.

Cada semana que había pasado hospitalizado mientras le soldaban los huesos rotos y se recuperaban los órganos dañados, Mac se había acercado una semana más a su final. Más que nunca, quería que esas tierras volvieran a su posesión. Sería su último y único regalo significativo a la mujer que había transformado a un jovencito descarado en un respetado titán de la Bolsa.

Alzó el rostro hacia la lluvia helada y consideró sus opciones. Podía decirle a Susannah por qué tenía tanto empeño en comprar la propiedad. Tal vez eso la llevaría a luchar por su causa, y hablaría con Carlisle, como había prometido; pero la compasión no era moneda de cambio en el mundo empresarial. Y por mucho que ella dijera que buscaba la felicidad con un marido e hijos, su matrimonio era un acuerdo de negocios.

Obviamente, solo tenía una oportunidad, y una noche, para volver a entrar en juego.

Tenía que impedir que se celebrase una boda.

Capítulo Cuatro

–¡Escucha esa lluvia! Apuesto a que te alegras de haberte quedado.

La directora de reservas salió del cuarto de baño, donde había estado comprobando que Susannah dispusiera de los artículos de aseo necesarios. Dado que ella había salido de casa con solo una pequeña bolsa, agradecía todo lo que el complejo pudiera ofrecerle para su inesperada estancia nocturna.

Antes de que pudiera responder al comentario de Gabrielle, el repiqueteo de la lluvia en el tejado de hierro del chalé se intensificó hasta volverse ensordecedor. Susannah cerró la boca. No estaba contenta de haberse quedado, pero la climatología le había robado cualquier otra opción.

Gabrielle se reunió con ella en el dormitorio y arrugó la nariz al mirar por la ventana.

–Hicimos bien convenciéndote para que no condujeras.

Susannah había estado dispuesta a marcharse como fuera. Dado que el helicóptero no podía despegar, había querido alquilar un coche; incluso le había ofrecido a Jock, el portero y chófer del complejo, comprarle su todoterreno. Pero todos, desde Jock a la directora le habían dicho que era una locura realizar un trayecto tan largo con tan mal tiempo.

Habían sugerido la posibilidad de una barca para salir de allí si era «cuestión de vida o muerte», y Susannah se había estremecido. Había una diferencia entre «querer» y «necesitar» irse. Para ella el límite estaba en el vasto espacio de olas turbulentas que la separaba de Appleton.

—Estarás cómoda aquí esta noche –Gabrielle terminó de ahuecar las almohadas de la cama y se enderezó–. Si la cosa se pone peor, estudiaremos la posibilidad del barco mañana.

—¿Hay posibilidades de que el helicóptero no pueda volar? –preguntó Susannah, preocupada.

—Espero que no lleguemos a eso –la sonrisa de la mujer perdió fuerza–. Siento no haber podido instalarte en tu chalé habitual. Por desgracia, el otro huésped ya había reservado The Pinnacle.

—No hace falta que te disculpes, Gabrielle. No tenía reserva y me conoces lo suficiente para saber que no espero un trato preferente solo por mi apellido.

—Lo sé, pero gracias por decirlo. Menudo día hemos tenido.

—Sí –corroboró Susannah, pensando que el día aún no había acabado–. ¿He oído bien cuando te has referido «al otro huésped»? ¿Somos los únicos hospedados aquí esta noche?

—Tuvimos una cancelación de última hora, por el tiempo; se trataba de un grupo que había reservado casi todo el complejo para celebrar una reunión de motivación de la plantilla de empleados.

–¿Tan mala es las previsión meteorológica?

–¿Para juegos de playa y paseos por el monte? –Gabrielle ladeó la cabeza como si escuchara la lluvia–. Yo diría que sí.

Para cualquier actividad en el exterior, admitió Susannah, contemplando la vista por la ventana. Pensó en el único otro huésped y en sus intenciones. Se preguntó por qué había vuelto en realidad a Stranger's Bay y si realmente intentaba reconstruir aquel fin de semana.

Se le aceleró el pulso. Miró la cama y el vívido recuerdo de cómo habían pasado gran parte del tiempo le provocó una llamarada en el vientre. La desechó recordándose dónde debería haber estado esa noche. La llama se transformó en escalofrío.

–¿Tiene algo de malo la cama? –preguntó Gabrielle, intrigada–. Si necesitas más almohadas, o algo…

–No, no –refutó Susannah–. Estaba a kilómetros de distancia, pensando en otra cosa. Tenía una… cita… esta noche.

–Estoy segura de que él lo entenderá.

Susannah no lo estaba en absoluto, pero siguió a Gabrielle a la cocina, donde la mujer comprobó el contenido de la despensa y del frigorífico.

–Hay todo lo básico, pero pediré una cesta de comida al catering y la enviaré en cuanto afloje la lluvia. En cuanto a la cena…

–Por favor, no te molestes más por mí –le imploró Susannah–. Estoy segura de que la cesta será más que suficiente, no hace falta pedir cena.

–Sabes que nunca eres una molestia –Gabrielle fue

hacia la puerta–. Si cambias de opinión, o si necesitas cualquier otra cosa, solo tienes que telefonear. Y si dan algún parte meteorológico con novedades, te avisaré.

–Eso estaría bien. Gracias.

Después de cerrar la puerta, Susannah fue de habitación en habitación, planteándose las consecuencias de tener que quedarse allí más de una noche. Se dijo, optimista, que al menos eso retrasaría enfrentarse a la ira de Alex. Por desgracia, no paliaba la inquietante contrapartida: Donovan Keane y ella estaban allí solos.

Saber que él se alojaba en el lujoso chalé que habían compartido aquel fin de semana la inquietaba. Era una sensación que conocía bien. Desde el momento en que había conocido a Donovan Keane, le había desestabilizado los sentidos y el equilibrio.

Incluso en ese momento, cuando la cortina de lluvia añadía una capa de aislamiento más a los desperdigados chalés, cada célula femenina de su cuerpo sentía su presencia.

Ante la ventana, que daba a la bahía, alzó las manos para frotarse los brazos; tenía la piel de gallina. Necesitaba calor y estar seca. Pero antes necesitaba una larga ducha caliente.

Cuando salió del cuarto de baño lleno de vapor media hora después con el pelo envuelto en una toalla, se sentía tan caliente y relajada como era posible, teniendo en cuenta que el albornoz era idéntico al que había llevado puesto Donovan. Colgó su ropa en las sillas del comedor y se planteó encender la chimenea. Cuanto antes se secara la ropa, antes podría despojarse del albornoz, ese recordatorio de Donovan.

Inconscientemente, se llevó la mano a la solapa y se le tensó el estómago al recordar el instante del descubrimiento. La cicatriz, su historia, las lesiones que había imaginado.

Una llamada en la puerta la sacó de su introspección.

Su primer pensamiento, «es él», dio paso a un resoplido. Sería el servicio de catering con la cesta de comida. Suspiró con alivio y su estómago rugió con anticipación. Había tomado un desayuno escaso y de eso hacía muchas horas.

–Un segundo –dijo, quitándose la toalla del pelo. Fue hacia la puerta y abrió. Esperaba ver a un sonriente empleado uniformado del servicio de catering del hotel, pero vio a Donovan Keane apoyado en el marco de la puerta.

Vestido con pantalones oscuros y camisa blanca, le resultó terriblemente familiar. Igual que la primera noche que pasaron en Stranger's Bay, aparecía en su puerta sin haber sido invitado.

Mientras se enderezaba, sus ojos plateados la miraron de arriba abajo. Desde los pies desnudos a los rizos húmedos y revueltos. Toda la sangre del cerebro de Susannah se trasladó a la superficie de su piel. La molestó y agitó esa descontrolada e indeseada respuesta de sus hormonas femeninas.

«Dejadlo ya», les advirtió. «No queréis verlo. Y menos recién salida de la ducha, sin ropa interior, sin maquillaje, sin defensas».

–¿Qué haces aquí? –preguntó seca.

Él inclinó la cabeza, señalando una enorme cesta tipo picnic que había a sus pies.

–Cenar, espero –aprovechando el desconcierto de Susannah, Van agarró la pesada cesta y entró en la casa.

–Espera. Para –recuperándose, ella le agarró la manga de la camisa.

Si hubiera querido, Van podría haberse librado de ese intento de impedirle la entrada. Pero se detuvo, con un pie dentro de la casa y a medio paso de su rostro. Por primera vez, notó las pecas que salpicaban su nariz, visibles porque no llevaba maquillaje.

Bajó la vista hacia su cuello y su pecho. Apenas visibles, bajo el rubor de su piel, más pecas salpicaban la profunda uve que dejaba a la vista el albornoz. Habría apostado toda su cartera de acciones a que no llevaba nada debajo… solo piel ruborosa salpicada de pecas doradas.

Percibió el rápido pulso de la vena de la base de su cuello cuando ella soltó su camisa para cerrarse más el albornoz. La había puesto en situación de desventaja apareciendo sin anunciarse, tal y como había pretendido.

El catering le había llevado su cesta de provisiones antes y, mientras conversaban sobre el tiempo, el camarero, Rogan, había desvelado que solo tenía que entregar una más.

–A una visitante que ha tenido que quedarse por culpa de la tormenta. El helicóptero no ha podido despegar.

Van había formulado su plan en un segundo.

Para no mojarse, había pedido a Rogan que lo llevara en la furgoneta, refinando su plan por el camino. Paciencia, finura y sacar partido de la compasión que había visto en sus ojos antes. No había considerado que, de paso, podría disfrutar.

Mirándola ese momento, viendo el temblor de sus delgados dedos sujetando el albornoz y el nerviosismo con que se humedecía los labios, Van supo que iba a disfrutar más de lo que se merecía. Apoyó su peso contra la puerta entreabierta. Por lo visto, sujetaba el pomo con tanta fuerza como el albornoz. Aplicó más presión hasta que la puerta se cerró. Aunque la cesta de mimbre era una barrera entre sus cuerpos, ella se apretó contra la puerta de cedro, como si quisiera traspasarla.

Conteniendo una sonrisa, Van se apartó de la puerta. Antes, cuando la había aprisionado contra la otra puerta, solo se había permitido inhalar su aroma. Esa vez, le agarró uno de los rizos y se lo puso tras la oreja, rozándole la mejilla con el nudillo de un dedo a propósito.

Su piel era tan suave y sedosa como lo fue el sonido que emitió al tomar aire, tan cálida como la reacción de la sangre en sus venas.

–¿Qué crees que estás haciendo? –preguntó ella rápidamente. La preocupación le dibujó una arruga entre sus perfectamente delineadas cejas.

–No te preocupes, Susannah –le dedicó una sonrisa lobuna y posó los dedos en esa arruga–. He venido a cenar, no a comerte a ti.

La dejó parada, boquiabierta e indignada, y se fue a cocina. Colocó la cesta en la encimera y empezó a vaciarla.

–¿Por qué?

Van alzó la cabeza. No había oído los pasos de sus pies descalzos, pero la vio rodear la isla central de la cocina. Sus mejillas seguían teñidas de rubor.

–¿Por qué, qué? –preguntó, examinando la etiqueta de la botella de vino antes de dejarla en la encimera. Observó la desconfianza de sus ojos–. ¿Por qué voy a cenar, o por qué no voy a comer…?

–Por qué estás aquí –lo interrumpió–. Y por qué has traído tú mi cesta, en vez del catering.

–Rogan iba a entregarla, pero me dio lástima que el pobre hombre corriera bajo la lluvia.

–¿No tenía un vehículo? –preguntó ella.

–Sí, pero no es fácil mantenerse seco –Van miró la sala, a su espalda, donde la ropa de ella colgaba de todos los muebles disponibles–. Se diría que tú has tenido un problema similar.

–Tú lo has conseguido.

–Ah, pero yo soy rápido.

–No siem… –calló y apretó lo labios. Van se quedó inmóvil.

–¿No siempre? –aventuró.

Sí. Eso era lo que había estado a punto de decir. Él vio la verdad en sus ojos incluso cuando ella negó con la cabeza. Durante un segundo la posibilidad de explorar esas largas piernas y esos pechos asaltó su cerebro.

–Iba a decir que no a todos los empleados les molesta mojarse un poco.

Van tuvo que admirar su capacidad de improvisación.

–No creo que a Rogan le hubiera importado –siguió

49

ella–. Creo que somos los únicos huéspedes, así que no tenía mucho que hacer.

–Como somos los únicos, le sugerí que se fuera a casa –sacó un sacacorchos del bien provisto cajón de utensilios y la miró interrogante–. ¿Qué vino abro, el tinto o el blanco?

–Mira, Donovan, no creo que esto sea buena idea –dijo ella, mirando de una botella a la otra.

–¿Por qué no? ¿No te fías lo bastante de ti misma como para cenar conmigo?

–No me fío de ti –replicó ella–. Has aparecido sin avisar, y sé que esto no tiene nada que ver con cenar o con evitarle trabajo a Rogan. Siempre tienes una agenda oculta.

–¿Y qué crees que puede haber en mi agenda, aparte de una cena, compañía y conversación?

–Lo que te trajo a Stranger's Bay inicialmente. Una compra por un importe de ocho dígitos, por la que trabajaste mucho y que no quieres perder.

–Hay muchas cosas que no me gusta perder, Susannah –dijo él–. Sobre todo cuando la batalla no es justa.

–Entiendo que tengas esa sensación, pero...

–¿Sí? ¿Entiendes lo que es perder días de vida? ¿No saber lo que uno ha dicho, hecho o compartido?

Los ojos de ella brillaron un segundo y luego desvió la mirada.

–Supongo que compartiríamos cena, comida y conversación aquel fin de semana, en un chalé como este –se concentró en abrir la botella de vino, mientras elegía sus palabras para que tuvieran el mayor efecto posible–. Tu prometido no puede quejarse de lo que han provocado las circunstancias. Dices que es un hombre justo. ¿Se opondría a que cenaras conmigo y me ayudaras a recuperar algo de lo que he perdido?

—Ayudarte… ¿cómo? –preguntó con voz intranquila.

—Me preguntaste cómo me estaba enfrentando a este vacío en mi memoria. Te dije que había dado marcha atrás, recogiendo información, recreando acontecimientos. He recuperado casi todo… excepto los días que pasé aquí.

—Lo siento, Donovan. No puedo hacer eso. No puedo ayudarte a recrear ese fin de semana.

—Solo te pido que hables conmigo, que me digas adónde fuimos, qué hicimos –sirvió una copa del vino dorado y la deslizó por la encimera–. Puedes decirme dónde comimos, qué bebimos.

Vio cómo ella vacilaba y su fuerza de voluntad disminuía. Estiró el brazo y tocó el dorso de la mano con el dedo índice para que volviera a mirarlo.

—Tal vez no puedas ayudarme con nada más de lo que perdí, pero puedes ayudarme en eso.

Aunque no contestó de inmediato, vio que sus expresivos ojos verdes capitulaban. Sintió un latido satisfecho en las venas, pero esperó, simulando tranquilidad, a que ella hablara.

—Puedo intentarlo –alzó la barbilla un poco–. Pero quiero dejar claro que solo te daré datos.

—No espero más.

—Y no puedo prometer que lo recuerde todo.

—Estoy seguro de que recuerdas lo importante.

Ella bajó la vista y se frotó el brazo. Él se preguntó si era por frío o por nervios.

—Podemos hablar mientras cenamos, pero después tengo cosas que hacer.

—Lavarte el pelo, hacer la colada —murmuró Van. Ella ya había ido a recoger las prendas que había alrededor de la mesa. Una falda rosa y un suéter blanco. Un sujetador de encaje blanco. Algo diminuto que debía ser un tanga.

Sujetó la ropa contra su pecho y lo miró desde el otro lado de la mesa, obviamente molesta por su comentario.

—Tengo llamadas que hacer.

«A Carlisle», pensó Van, «el hombre que ha ganado lo que yo he perdido».

Ese pensamiento puso fin a su satisfacción. No pudo resistirse a soltarle una última pulla antes de que ella se marchara con la ropa en los brazos.

—No hace falta que te cambies por mí. Imagino que te he visto en albornoz antes... y sin él.

—Esa es precisamente la razón de que esta cena me parezca una mala idea —contestó ella desde la puerta del dormitorio.

—¿El que te haya visto desnuda?

Ella se sonrojó, pero su mirada se mantuvo fría y firme.

—El que no me fío de que no vayas a mencionarlo.

—¿Y eso te incomoda?

—Estoy comprometida para casarme con otro hombre. Por supuesto que me incomoda.

—¿Crees que intentaría seducir a la prometida de otro hombre? —preguntó Van, que no necesitaba que le recordase ese hecho.

—Creo que harías cualquier cosa para conseguir The Palisades.

Con el secador al máximo, Susannah eliminó la humedad que quedaba en su ropa antes de secarse el pelo. Lo hacía por necesidad, no por vanidad. Además, le daba algo de tiempo para recuperar la compostura. Tal vez si pasaba un buen rato encerrada en el cuarto de baño, su «invitado» se marcharía y la dejaría sola, arrepintiéndose de sus errores en paz.

O tal vez no.

Se permitió recordar brevemente ese fin de semana, una conversación en la que ella lo había descrito como un hombre tipo «yo puedo». Él había sonreído y había negado con la cabeza. «No, soy más tipo y lo haré».

No quiso pensar en cómo había demostrado esa cualidad. Aprovechó el recuerdo para reforzar sus defensas. Había accedido a ayudarle porque le daba lástima su pérdida de memoria y las circunstancias que le habían llevado a perder el trato.

Pero no era más que un trato. Lo superaría y empezaría con otro, otra propiedad, otro sitio. Alex no disponía del lujo del tiempo. Necesitaba una esposa ya, y The Palisades era parte de ese contrato matrimonial.

La cena solo sería para ayudar a Donovan a rellenar algunos agujeros de su memoria. Podía hacerlo y mantenerse serena y tranquila sin que le afectaran sus incendiarias insinuaciones.

No le dejaría olvidar que era la prometida de otro hombre.

Estudió su imagen en el espejo y arrugó la nariz. No daba la impresión de serenidad y frialdad que deseaba. A pesar de sus esfuerzos, su cabello había adquirido vida propia. La vena de la base del cuello le latía con fuerza. Tenía la piel rosada por el aire del secador.

Al menos hacía juego con la falda.

Cruzó el dormitorio, preguntándose si ponerse las botas húmedas o seguir descalza. ¿Compostura o comodidad? Mientras lo pensaba, oyó una voz profunda hablando al otro lado de la puerta.

Tal vez la tormenta había amainado. Quizá hubiera llegado su salvación. Olvidó las botas y volvió al salón. Donovan estaba tan solo como lo había dejado. El microondas ronroneaba a su espalda. La mesa estaba puesta. Él alzó la cabeza de la hogaza de pan que estaba cortando.

—¿Hambrienta?

—¿No acabo de oírte hablar con alguien? —preguntó Susannah, ignorando el rugido de su estómago y lo cómodo que parecía él en la cocina.

—Teléfono —señaló el aparato con el cuchillo—. Era Gabrielle. Una llamada de cortesía para comprobar que había llegado la comida y que todo estaba a tu gusto.

Ella miró los platos que había sobre la mesa y asintió. Por supuesto, la comida sería fantástica; era uno de los puntos fuertes de The Palisades.

—¿Ha dicho algo sobre el transporte?

—Sí, pero no es la noticia que esperabas. El helicóptero no regresará hasta el lunes, al menos.

—¿Tan malo es el pronóstico meteorológico? —preguntó ella con la garganta seca.

–El pronóstico no es malo, pero ha llovido aún más al sur. Hay inundaciones en una zona amplia y el helicóptero que hace este servicio ha sido requerido para las operaciones de rescate –alzó la vista del pan–. Como aquí estamos secos y a salvo, le dije que podíamos esperar hasta que solucionen la emergencia.

–¿Insinúas que estamos atrapados aquí?

–Gabrielle mencionó el barco que utilizan para viajes turísticos. Si el mar se calma, podrá llevarnos al otro lado de la bahía –dijo él, con calma irritante. Mientras hablaba, llevó el pan y lo que sacó del microondas a la mesa, y lo puso junto a un cuenco de ensalada. Apartó una silla para ella–. Será mejor que te pongas cómoda.

Susannah, rígida y con aspecto de estar cualquier cosa menos cómoda, se sentó en la silla. Tuvo especial cuidado para evitar el contacto con las manos de él, que estaban sobre el respaldo.

–¿Durante cuánto tiempo? –preguntó, con la voz ronca por los nervios.

–Un día o dos, como mucho –se sentó frente a ella. El brillo de sus ojos era tan acerado y agudo como el del cuchillo que había empuñado antes. Ella sintió un escalofrío en la espalda cuando él sonrió–. Pero, ¿quién sabe? Está en mano de los dioses. ¿Por qué no te relajas y disfrutas?

Capítulo Cinco

«¿Relajarme y disfrutar? Lo dudo».

Pero cuando lo observó servir una generosa ración de sopa de pescado en su cuenco, su estómago decidió que sí, podía disfrutar. Estaba tan deliciosa como su aspecto y olor indicaban. Una vez solventado lo peor del hambre, pudo relajarse lo suficiente para ver el lado positivo de la situación.

Mientras no pudieran marcharse, nadie podría llegar. Y lo único peor que estar allí atrapada con Donovan Keane sería ser descubierta allí con él, por ejemplo, por Alex. No había telefoneado, y su madre tampoco le había devuelto la llamada. Había esperado tener noticias a esas alturas…, pero tal vez no hubiera línea.

–¿Mencionó Gabrielle si había problemas con la línea telefónica?

–No. ¿Por qué lo preguntas? –dijo él, untando mantequilla en una rebanada de pan.

–Como ha llovido tanto y el mío ha estado tan silencioso –miró en esa dirección y luego se enderezó de repente– no lo he oído sonar antes.

–¿Con el ruido que hacía el secador?

Eso era verdad, pero aun así…

–Me extraña que Gabrielle no mencionara la inundación cuando hablé con ella. Parecía muy optimista con respecto a mañana.

–¿Estás sugiriendo que me he inventado su llamada telefónica? –preguntó él. Dejó el cuchillo sobre la mesa y se recostó en la silla–. ¿Por qué iba a hacer algo así?

–Para retenerme aquí –contestó Susannah.

–¿Secuestro? ¿No te parece algo exagerado?

A pesar del tono levemente divertido de su voz, la intensidad de su mirada hizo que el corazón de Susannah latiera más rápido. Sus anteriores palabras resonaron en su mente.

«Harías cualquier cosa por conseguir The Palisades».

–¿A qué extremos crees que sería capaz de llegar para retenerte aquí? ¿Crees que te ataría, por ejemplo?

–Hipotéticamente hablando, optaría por el chantaje o alguna otra forma de coacción verbal. Eres demasiado hábil con la lengua para necesitar la fuerza física o las ataduras.

Él la estudió en silencio un largo momento, y ella se sonrojó intensamente. Se recriminó por haberle permitido llevarla por ese camino. Era demasiado sugerente, demasiado sensual.

–Ahora me has picado la curiosidad –se inclinó hacia delante y capturó su mirada–. ¿Entonces no hicimos nada de eso? ¿No tuve que atarte para aprovecharme de ti?

–Participé voluntariamente.

–En pasado.

–Por supuesto.

Los labios de él se curvaron con esa media sonrisa

que la había vencido en tantas ocasiones. Alzó la copa de vino con un gesto casi de saludo, como si apreciara sus cándidas respuestas. Pero sus ojos expresaban un aprecio distinto, uno del que ella no debería disfrutar, pero que suponía un reto que no podía rechazar.

—Ahora, en presente, si quisiera retenerte aquí tal vez tendría que atarte. O meterte en esa barca que mencionó Gabrielle y llevarte a la isla.

Susannah simuló reflexionar sobre ello.

—¿Qué tal se te dan las cautivas que se marean terriblemente en un barco?

—¿Eso no es hipotético? —preguntó él, arqueando una ceja.

—Por desgracia, no.

—Entonces lo tendré en cuenta, si alguna vez deseo secuestrarte.

—Te lo agradecería —con una sonrisa serena, miró su cuenco—. ¿Has terminado con el primer plato?

Ella los recogió y, de camino a la cocina, percibió que él observaba cada uno de sus pasos. Seguía teniendo el corazón acelerado y le ardía la piel, pero le gustaba la intensidad de la sensación. Había olvidado cuánto disfrutaba con los juegos de palabras, de miradas y de sonrisas. Había olvidado que unas simples frases con ese hombre hacían que pasara de ser fría, cauta y compuesta a ser lista, aguda y sexy.

Y eso estaba mal. Ya había disfrutado más de lo que debía. Metió los cuencos en el lavavajillas, lo cerró y volvió a la mesa, a la sensata y segura ensalada que había de segundo.

—Estoy intrigado por lo del barco —dijo él.

–¿Por qué? –preguntó Susannah, sin alzar la vista del plato. El corazón le dio un vuelco.

–Dado que te dedicas al negocio de los viajes, suponía que serías una experta en todos los medios de transporte.

–Los contrato, no tengo que probarlos. Además, los viajes son solo una parte de A Su Servicio.

–¿Y cuáles son las demás?

–Quiera lo que quiera un cliente, se lo conseguimos. Viajes, transporte, alojamiento, diversión, compras, ayudantes.

–¿Así fue como conociste a Carlisle? –preguntó él–. ¿Por tu empresa?

Susannah no quería hablar de eso, pero siempre sería mejor que bromear sobre secuestros y ataduras. Le había prometido conversación, y era lógico que él se centrara en el conflicto que los ocupaba. Alex Carlisle, su contrato matrimonial, su contrato empresarial.

–Sí y no –tomó un sorbo de vino y dejó la copa sobre la mesa–. Nos hemos visto muchas veces en eventos sociales y de negocios a lo largo de los años. Cuando inauguré mi empresa, ese tipo de contactos eran vitales. El rápido crecimiento inicial fue por recomendaciones boca a boca, y presentándome a la gente que podía proporcionar la calidad de servicios que esperan mis clientes. El año pasado inicié una alianza con los hoteles Carlisle.

–¿Ellos te rascan la espalda y tú se la rascas a ellos? –apuntó él con tono frío.

–Solo cuando es lo mejor para un cliente.

–Los hoteles Carlisle tienen sus propios conserjes.

–Sí, pero nuestros servicios están a otro nivel. A veces me llaman para que ayude en el hotel, o recomiendan a sus clientes que se pongan en contacto conmigo si tienen una petición inusual.

Vio en sus ojos una expresión que conocía bien y se preparó para oír otro de sus desdeñosos comentarios. Posiblemente respecto a la petición de una esposa de Alex.

–¿Por qué una empresa de contratación de servicios personales? –dijo él, en cambio.

–Porque en eso residen mis puntos fuertes: un apellido conocido, toda una vida de experiencia en el mercado de servicios de lujo y una agenda electrónica rebosante de buenos contactos.

–Esa sería la respuesta obvia, pero te tomas muy en serio tu empresa. O no te estarías esforzando tanto para salvarla.

Aunque parecía relajado e indiferente, Susannah percibió un interés real. Por ella, la mujer, independiente de los negocios.

«Cuidado», se dijo, notando la reacción de su cuerpo a ese interés. «No te dejes engañar por esos ojos y esa lengua de plata».

–Es importante porque es mía –contestó sencillamente, aunque la verdad no era tan simple–. Yo la concebí, busqué el capital para crearla y su éxito o fracaso depende de mí.

–¿Crees que puedes tener éxito en un ámbito tan especializado, con un rango de posibles clientes limitado?

–En eso se diferencia mi empresa –afirmó ella, entregándose a su tema favorito–. Mi clientela no se limita al mercado de los millonarios. A Su Servicio está disponible para todo el mundo, para cualquier servicio, no solo extravagancias de lujo que se compran con un cheque desorbitado.

—¿Servicios de asistencia para el público en general? —lo dijo tan dubitativo que Susannah sonrió y puntualizó su descripción.

—De acuerdo, no para «cualquiera». La mayoría de mis clientes son profesionales con una agenda demasiado atiborrada, o ejecutivos de visita con problemas de tiempo. Mi trabajo no solo consiste en satisfacer peticiones concretas, sino también acceder a lo que el cliente desea en realidad… aunque no lo sepa.

—¿Por ejemplo?

—Un lugar como Stranger's Bay. Una experiencia de aislamiento y belleza natural, escapar de la civilización sin sentirse incivilizado. Se satisface cada deseo, pero sin ostentación. El servicio es de primera y discreto. Eso resulta atractivo para algunos clientes, mientras que otros desean alguien siempre a su espalda y atención continua. Mi destreza es saber qué experiencia va mejor con cada cliente.

—Tu destreza es satisfacer las necesidades de otras personas —sugirió él.

—Sí —sonrió—. Supongo que podría decirse eso.

Fue un momento de conexión y sinceridad, hasta que Susannah se recordó, otra vez, que no podía caer en la trampa de compartir demasiado con él, de sentir demasiado y reaccionar ante el hombre equivocado.

La cena se había acabado. Era hora de volver al mundo real. Se puso en pie con la intención de empezar a recoger la mesa, pero él la detuvo poniéndola una mano en el brazo.

–Déjalo. Quédate y háblame.

–No puedo –susurró ella. Él se puso en pie y, rodeándole la muñeca con los dedos, la atrajo a su lado de la mesa.

–Sí puedes. Me dijiste que me contarías las cosas importantes.

–Dije que lo intentaría –corrigió Susannah, mientras él la acercaba a su cuerpo centímetro a centímetro. El calor de su mano le traspasaba la piel y le recorría las venas.

Terminó parada junto a sus zapatos de cuero negro. Descalza, ella apenas le llegaba a la barbilla, y sus ojos estaban a la altura del cuello abierto de su camisa. Se sentía ridículamente débil, incluso antes de que él le soltara la muñeca, deslizara la palma por su brazo hasta el codo y luego la bajara para agarrarle la mano.

–¿Es esta la parte que ibas a tener problemas para recordar? –murmuró contra su sien–. Porque cuando estoy tan cerca de ti, me cuesta creer que lo que quiera que hiciésemos juntos no sea memorable.

Susannah no lo había olvidado. Nada. Ni tampoco por qué no debería estar allí, pensando en tocarle. Pensando en besarle. Alzó la mano libre hasta su pecho y empujó hasta que él se vio obligado a soltarla.

–Esta es la parte que no voy a permitirme recordar –afirmó–. Ahora, deberías irte.

–Tienes llamadas telefónicas que hacer.

–Así es –asintió Susannah–. Si voy a pasar más de una noche aquí, hay gente que debe saberlo.

–¿La familia?

–Mi hermana. Hermanastra –se corrigió–. Y mi vecina. Se preocupa –cerró los dedos, atrapando el calor que aún sentía en la palma de la mano por su contacto–. Buenas noches, Donovan.

La sorprendió dándose la vuelta para marcharse. Pero luego se detuvo y la miró.

–Si estás pensando en llamar a Gabrielle, esta noche está libre. Dijo que, aun así, puedes llamar cuando quieras. Recepción tiene su número.

–Gracias, pero no la molestaré en su casa. Sé que me llamará si hay nuevas noticias.

–¿No quieres verificar mi historia?

–Te creo. ¿Quién iba a inventarse una historia como esa?

Lo había dicho como referencia burlona a su comentario sobre creerse la historia de cómo The Palisades había acabado integrándose en su contrato matrimonial. Después de que la puerta se cerrara a su espalda, guardó los restos de la cena e intentó ponerse en contacto con Alex, Zara y Rafe, el hermano de Alex, y también con la suite del Melbourne Carlisle Grande, donde Alex y ella deberían haber pasado la noche; solo obtuvo respuesta de su madre, que le prometió telefonear a Alex. Una vez hecho eso, no le quedó nada que hacer excepto pensar.

Y sus pensamientos eran un torbellino centrado en Donovan Keane.

Analizó si confiaba en él. En el tema del transporte, sí. Era una historia que podía comprobar fácilmente llamando a recepción o a la empresa dueña del helicóptero.

En un sentido más amplio, no. Aunque tenía que concederle que no se había aprovechado cuando la tuvo tan cerca de su cuerpo. Podría haberla besado. Podría haber insistido en quedarse y en pedirle detalles íntimos de lo que habían hecho ese fin de semana. Pero se había ido sin oponer mayor resistencia y eso la intrigaba y le provocaba suspicacia.

¿Qué intenciones tenía?

De pie junto a la enorme ventana, mirando la oscuridad, Susannah se estremeció con una mezcla de frío y aprensión. No podía dejar de dar vueltas al hecho de que hubiera aceptado poner fin a la velada sin protestar. La cena no podía haberle refrescado mucho la memoria, ni haberlo ayudado a reconstruir ese fin de semana.

Habían hablado, pero él no había pedido detalles específicos ni había preguntado qué comieron ni dónde fueron, a diferencia de lo que ella había esperado. Entendía su necesidad de saber; era uno de esos hombres que necesitaba todos los datos, que controlaba su propia vida y que no se rendía nunca.

Esos días perdidos debían ser como una llaga en su psique. Había temido que él no cejara; que tras atraerla hacia el tentador calor de su cuerpo insistiera en pedirle detalles sobre cómo se había desarrollado su aventura.

Los íntimos recuerdos le cosquillearon la piel; se acercó más a la ventana y apoyó la mejilla en el frío cristal. Se preguntó por qué no había insistido más, por qué la había dejado sin aprovecharse de la situación.

Tal vez esa noche solo había sido un principio. Quizá se despertaría por la mañana y se lo encontraría en la puerta, esa vez con el desayuno. Su plan podía ser aprovechar el aislamiento, su inquietud y su compasión para ir derrumbando sus defensas hasta que cada uno de sus sentimientos secretos saliera de su escondrijo.

Había dejado de llover y el intenso silencio casi daba miedo. El aislamiento y quietud del lugar la asaltaron, igual que los ladrones habían asaltado a Donovan. Si hubiera llamado a la puerta en ese momento, la habría encontrado expuesta y vulnerable a cualquier cosa que aliviara la sensación de soledad que la atenazaba.

Pensamientos peligrosos.

Se apartó de la ventana. Era lo bastante honesta como para reconocer ese peligro, en sí misma y en su respuesta ante Donovan. Tenía la capacidad de hacerle sentir una curiosa mezcla de fuerza y debilidad, de seguridad e inseguridad, de saber lo que deseaba y temer sus implicaciones.

Tenía que marcharse. Regresar junto a Alex y al santuario de un futuro que satisfaría todas sus necesidades. Se iría al día siguiente si, Dios lo quisiera, había dejado de llover.

«¿Tienes tanta necesidad de huir como para subir a ese barco que te ha ofrecido Gabrielle?».

Pensó en todo lo que había arriesgado yendo allí ese día. Había fallado a Alex, a su madre, a todo lo realmente importante.

Sí, se arriesgaría al viaje en barco. Remaría hasta su casa en una canoa si hacía falta. Solo era un barco, un corto viaje para cruzar la bahía. Eso no la mataría.

***

–Nunca he conocido a una mujer puntual que mereciera la pena, así que estoy dispuesto a esperar cinco minutos más.

–Ésta sí que la merece –le aseguró Van al propietario del barco, que se había presentado como Gilly–. Calculo que si no ha llegado a las once, no vendrá.

–Usted sabrá –dijo Gilly con afabilidad–. Deme un grito cuando esté listo para salir.

Saltó a bordo, con una agilidad sorprendente para un hombre tan enorme, y desapareció en la cabina. El lujoso barco a motor era más de lo que Van había esperado, pero Gilly le había explicado que su negocio estaba dirigido a la pesca y a las excursiones de placer, no a llevar a gente hasta el otro lado de la bahía.

Van suponía que Susannah habría organizado que un coche la estuviera esperando para llevarla al aeropuerto, desde donde volaría de vuelta a Melbourne.

Con los brazos cruzados sobre el pecho, miró la empinada colina que llevaba al complejo vacacional. Susannah había dicho en recepción que bajaría sola hasta el barco, pero empezaba a preguntarse si habría cambiado de opinión. Aunque la noche anterior hubiera hablado en tono de guasa sobre marearse en el mar, tenía la sensación de que su aversión a los barcos era bastante seria.

Pero si realmente quería salir de allí…

Vio un destello de color aparecer y desaparecer en el sendero que bajaba de la colina. No el paraguas amarillo habitual, sino el brillo rojizo de su cabello. A su espalda, Van oyó los pies de Gilly golpear el suelo de madera del muelle, seguido de un ruido de satisfacción.

—Parece que ahí llega nuestra otra pasajera.

Van no contestó. Su atención seguía centrada en Susannah, y se le aceleró el corazón al imaginar su rostro cuando lo viera. Estaba seguro de que se sorprendería y acertó. Ella bajó el rimo, alzó la cabeza y sus dedos se tensaron sobre la bolsa que le colgaba del hombro.

Gilly le gritó un saludo y ella enderezó los hombros y subió al muelle. Llevaba el mismo impermeable que el día anterior, y las mismas botas, pero había algo distinto en ella. Van la estudió con interés. Cuando la brisa alborotó su cabello y ella alzó la mano para volver a colocarlo en su lugar, sintió otra oleada de *déjà vu*.

Fue su cabello agitado por el viento. O cómo el sol lo iluminaba con una decena de tonos dorados. O que ella lo recogiera con una mano y lo sujetara junto a su cuello.

Fuera lo que fuera, lo había visto antes. Ella lo acercaba a ese pozo de momentos olvidados, y era otra buena razón para seguir a su lado.

—Buenos días, Susannah —saludó sonriente—. ¿Estás disfrutando del sol?

—¿Qué haces tú aquí? —las gafas de sol ocultaban gran parte de su rostro, pero no el tono irritado de su voz.

—Lo mismo que tú, supongo.

—¿Te marchas hoy?

—No tiene sentido quedarme si tú te vas.

Gilly carraspeó para recordarles su presencia y que debían ponerse en marcha.

–Buenos días, señorita Horton. Si está lista, la ayudaré a subir al barco. ¿Ese es todo su equipaje?

–Sí…

–Yo la ayudaré –se ofreció Van. Miró a Gilly–. Hay que admirar a una mujer que viaja tan ligera.

Ella apretó los labios, pero no emitió protesta alguna. Van escrutó su rostro y comprendió que no solo estaba sorprendida por encontrarlo allí o enfadada porque la hubiera interceptado en su huida. Estaba aún más pálida que el día anterior y los dedos que apretaban la correa del bolso reflejaban la misma tensión que el rictus de su boca.

–Realmente te asustan los barcos, ¿no?

–Solo viajar en ellos –masculló. Echó los hombros hacia atrás y abrió la aletas de la nariz. Evitó a Donovan y permitió que Gilly la ayudase a subir a bordo.

Van la detuvo antes de que llegara a la cabina, le puso la mano en la espalda y la hizo virar hacia la plataforma de popa. Ella clavó los talones en el suelo.

–Prefiero sentarme dentro –afirmó.

–Tu estómago no lo agradecerá.

–He tomado algo para eso.

–Entonces, ¿recibiste el Dramamine?

–¿Cómo sabes…? –se tensó bajo su mano y soltó el aire de golpe–. ¿Lo enviaste tú?

–Ayuda –Van se encogió de hombros–. Y también estar al aire libre. Puedes fijar la vista en un punto concreto…

–¿Te refieres a toda esa agua? –dijo ella.

—Confía en mí —dijo él—. Te sentirás mucho mejor en la cubierta superior.

Confiar en él, después de la sorpresa de encontrárselo allí, no le resultaba nada fácil.

—¿Arriba o abajo? —preguntó él con cierta impaciencia.

—Arriba —decidió. En ambos sitios, tendría su compañía. Dentro estarían solos, arriba con el capitán. Si iba a humillarse vomitando el desayuno, lo haría ante la audiencia completa.

Cinco minutos después se alegró de su decisión. Ya fuera por las pastillas, o por el aire fresco en el rostro, o por cuánto la inquietaba estar junto a Donovan, lo cierto era que si echaba la cabeza hacia atrás y se concentraba en un punto del horizonte, en vez de en los botes sobre las olas, se sentía capaz de sobrevivir.

—¿Estás disfrutando?

—«Disfrutando» sería una exageración —rezongó ella con una mueca. No podría volver a sonreír hasta que pisara tierra firme.

—Por primera vez en varios días, el sol nos acaricia la piel. Poseidón nos ha bendecido con un mar en calma, un bonito yate y kilómetros y kilómetros de aguas abiertas. Mira a tu alrededor. ¿Cómo puedes no disfrutar?

Susannah apretó las manos sobre la barandilla. Tenía la vista clavada en el distante trozo de tierra que había elegido como punto de referencia. No se arriesgó a mirar a Van para comprobar si su rostro reflejaba el placer y reverencia que indicaba su voz. Ya era bastante malo cómo esa voz la había acariciado por dentro, derritiéndola.

–Voy a sentarme abajo –dijo.

–Quédate –puso la mano sobre la de ella, cálida y sólida–. Casi hemos llegado.

Aunque navegaban a gran velocidad, no podían estar ni a un cuarto de la distancia que los separaba de Appleton. Pero en ese momento el barco disminuyó la velocidad y ella se dio cuenta de que había dejado de ver el punto de tierra que había elegido. Emergía del agua, justo ante ellos.

Isla Charlotte. Con un pinchazo de alarma, se volvió lentamente hacia Donovan.

–¿Por qué paramos aquí? ¿Qué ocurre?

Capítulo Seis

–Esto –fue la respuesta de Van a su pregunta. Se volvió hacia el diminuto trozo de tierra situado en mitad de Stranger's Bay.

Hasta ese momento había mantenido la vista fija en Susannah, no le costaba ningún esfuerzo, pero al mirar la isla se le encogió el pecho con la ya más que habitual frustración. A pesar de su importancia, a pesar de haber estado allí antes, no reconocía la rocosa costa ni las olas que golpeaban suavemente la arena, ni el tejado que asomaba por encima de las copas de los árboles.

No intentó librarse de la emoción que lo atenazaba. Dejó que se apoderase de él mientras el barco iba hacia el muelle. Una figura solitaria esperaba, saludando con la mano.

–Es el encargado –dijo Van, volviéndose hacia Susannah–. Gilly va a llevarlo a la ciudad.

–¿Solo hemos parado a recoger a un pasajero?

–Y a dejar a uno. Voy a quedarme aquí un par de noches –observó cómo ella se relajaba al oír eso. Después, se subió las gafas de sol y le dirigió una mirada confusa.

–¿Qué has querido decir con «esto»?

–Esto es por lo que quiero The Palisades. Por lo que ninguna otra propiedad serviría.

–¿Quieres la isla, no el complejo vacacional? –soltó la barandilla para recogerse el pelo a un lado, justo cuando el barco se detenía. Perdió el equilibrio un instante, pero Van la sujetó poniéndole una mano bajo el codo. Susannah se estabilizó, pero Van no la soltó.

–¿No viniste aquí conmigo la última vez?

–No.

–¿Por tu aversión a los barcos?

–No viniste en barco, sino en helicóptero. Y no me invitaste a venir –añadió ella, encogiendo los hombros–. Supuse que querías un respiro.

–¿De ti? Eso tengo que dudarlo.

Sus miradas se encontraron y la implicación de las palabras de Van vibró entre ellos. Los ojos de ella se encendieron y Van sintió una oleada de calor en el bajo vientre. Alzó la mano y le colocó un mechón de su pelo alborotado tras la oreja.

–¿Por qué es tan importante la isla? –preguntó.

–Ven a estirar las piernas en tierra firme y te lo contaré –dijo él. Van le deslizó la mano por el antebrazo y le agarró los dedos.

Poner los pies en un suelo que no se moviera y una respuesta a por qué se empeñaba en comprar The Palisades… Susannah no podía resistirse a una doble invitación como esa.

Una vez en tierra, comprobó que le temblaban las piernas, así que accedió cuando Donovan sugirió un paseo hasta la playa. Poco después sus piernas y cabeza volvieron a la normalidad.

—Por eso regresaste —musitó ella.

—¿Aquí? —preguntó él.

—A Stranger's Bay. Si solo hubieras querido presionar sobre la oferta, podrías haber aparecido en mi casa de Melbourne, o visitar a Alex.

—Necesitaba volver aquí. Para ver si recordaba.

«Repetir sus pasos, recrear el fin de semana». La ansiedad que había sentido a ese respecto la noche anterior resurgió en forma de un escalofrío que le recorrió la espalda y un cosquilleo en la palma de la mano. Justo en el punto que él había tocado unos momentos antes.

Había sido un roce insignificante, teniendo en cuenta la intimidad que ya habían compartido. Pero no lo sentía así. Tal vez porque se habían saltado los preliminares la primera noche para irse directos a la cama, tal vez porque había regresado como un desconocido, sin recuerdos de esa intimidad, o porque ese inocente roce le hacía recordar cada detalle de forma vívida y visceral.

Metió las manos en los bolsillos del impermeable y volvió a centrarse en él.

—¿Necesitabas venir aquí, a la isla Charlotte, para comprobar si recordabas esa primera visita?

Él no contestó de inmediato. Habían recorrido una distancia considerable, el barco había quedado muy atrás, meciéndose en el agua.

—Dijiste que había mencionado a Mac.

—Solo de pasada, cuando te pregunté quién era Mac-Creadie en el consorcio Keane MacCreadie.

—Elaine MacCreadie —aclaró él. Siguieron andando—. Era mi cliente cuando trabajé en Wall Street, una mujer de negocios con muchas inversiones y un cerebro privilegiado. Yo le gustaba porque no me andaba con tonterías; cuando uno de los jefes me dio la patada, me animó a trabajar por mi cuenta. Ella puso el capital inicial y los consejos. Yo aporté las horas de trabajo —la miró—. ¿Te dije que es australiana?

—No.

—Es de aquí —señaló a su alrededor con la mano—. Nacida y criada en Charlotte.

—Quieres comprarlo por ella —Susannah se detuvo bruscamente.

—Quiero comprarlo para ella —corrigió él—. ¿Hay alguien en tu vida por quien harías cualquier cosa que hiciera falta?

—Lo hubo —contestó ella sin dudarlo—. Mi abuelo, Pappy Horton.

—Entonces lo entiendes.

—No estoy segura —empezó ella—. Hay mucha diferencia entre hacer algo y comprar algo.

—¿Crees que esto es eso? ¿Un regalo caro? —soltó un resoplido y perdió la mirada en el mar. Cuando volvió a hablar su voz sonó rasgada, rota—. Mac no está bien. Hace tiempo que no lo está. Probablemente esta sea mi última oportunidad de hacer algo por ella, y lo único que tendría verdadero significado, sería que ella volviera a ver esta isla en manos de la familia MacCreadie.

—¿Tiene familia?

—Un nieto.

«Este sería su legado para él, un vínculo con sus ancestros australianos», comprendió ella.

—¿Entiendes por qué no me rendiré sin luchar?

—Creo que sí —dijo Susannah con un nudo en la garganta—. Pero no entiendo por qué no me contaste antes lo de Mac.

—No es algo de lo que me guste hablar —dijo él. Era cierto que él siempre se había retraído cuando le había preguntado algo personal.

—¿Y por qué lo has hecho ahora? —insistió ella. Quería conocer al hombre por dentro.

—Tenía que hacer algo. Ibas a marcharte.

Ella comprendió lo quería decir. Se marchaba, iba a casarse con otro hombre y él perdería la última tenue posibilidad de hacer algo por Mac. Pero su corazón imaginó algo más en sus palabras, en el ardor de su mirada gris.

—No cambiará nada. No puedo detener lo que ya está en marcha.

—Sí puedes. Si no te casas con Carlisle —miró sus labios—. Quédate, Susannah. Convénceme de que realmente deseas ese matrimonio.

Eso era lo que ella había esperado la noche anterior, y se había preparado para el asalto. Pero en ese momento la pillaba desprevenida.

—No puedo quedarme, Donovan. No puedo.

—Me temo que no tienes otra opción.

—No sé… —su voz se apagó al detectar la determinación que expresaba su rostro. Se dio la vuelta rápidamente. El muelle estaba vacío y el barco a motor se alejaba de la isla.

–¿Me has traído aquí, me has convencido para que bajara del barco y ya habías arreglado con Gilly que se marchara sin mí?

Van había sabido que se enfadaría. Estaba dispuesto a enfrentarse a su ira y contestar a sus acusaciones, pero la decepción que vio en sus ojos lo golpeó con fuerza.

–Eh –musitó–, tenía buenas razones.

Cediendo a la tentación de tocarla, tranquilizarla y abrazarla, dio un paso hacia ella, que retrocedió hasta el borde del agua, levantando las manos en un gesto de rechazo.

–Anoche pasé mucho tiempo preguntándome por qué habías accedido a marcharte sin discutir. No encajaba con un hombre que siempre va por lo que quiere. Ahora lo entiendo. Ya habías planeado esto. Bromeaste sobre ataduras, fuerza y secuestro…

–Espera un segundo –interrumpió él.

–Pero no te hizo falta recurrir a la fuerza, ¿verdad? –siguió ella–. Era mucho más fácil manipular mis emociones. Enviarme pastillas contra el mareo, ser atento en el barco y culminar la escena con la historia de Mac. ¿Sabes qué? Habría preferido que me trajeras a la fuerza. Al menos eso habría sido honesto.

–¿Crees que te he mentido?

–Creo que me has manipulado.

Van estrechó los ojos ante esa acusación.

–Después de cómo manipulasteis tu madre y tú a

Carlisle, yo me lo pensaría antes de lanzar piedras desde una casa de cristal, Susannah.

Tras un momento de silencio, ella alzó la barbilla y él vio que la decepción de antes se había transformado en desdén.

—¿Cuánto tiempo vas a tenerme prisionera?

—El que haga falta.

—¿Para?

—Impedir que te cases con Alex Carlisle.

El equipaje de Van, la bolsa de Susannah y provisiones para su estancia ya habían sido enviadas a la casa que había en el acantilado más alto de la isla. La casa de madera en la que Mac había pasado su infancia se había convertido en la residencia del encargado. Hacía unos años, el complejo vacacional había añadido la lujosa cabaña de madera a la isla privada; el último refugio de la civilización, sin teléfonos, televisión o conexión a Internet.

—¿Has estado aquí alguna vez? —preguntó Van, reuniéndose con Susannah en el amplio porche. La vista panorámica del agua incrementaba la sensación de aislamiento mayestático, de estar en el centro del turbulento océano sur. Ella no contestó, y él lo dejó pasar. Suponía que se le pasaría el enfado, antes o después—. Me gustaría pedirte un pequeño favor.

—¿Un favor? —sonó casi como un insulto.

—Voy a ir a hacer unas fotos.

—Diviértete.

—Quiero llevarle fotos a Mac.

–¿No se te ocurrió la otra vez ? –lo miró con incredulidad–. Trajiste la cámara cuando viniste.

–Sí, tenía una cámara. Tenía fotos. Pasado.

–¿Te quitaron la cámara? –preguntó ella, comprendiendo de repente. Él no contestó.

–¿Me ayudarás con las fotos?

–¿Para qué necesitas mi ayuda?

–Mac quiere ver fotos de mí aquí.

–Ayudaré. Pero que sepas que lo hago por Mac, no como favor para ti.

Van prolongó la excursión fotográfica todo lo que pudo, hasta que ella perdió la compostura y estalló. Estaba ayudándola a bajar por un empinado camino, hacia una playa virgen que había visto desde el porche. Ella le puso la cámara en la palma de la mano con un golpe.

–Creo que tienes fotos más que suficientes. No soy una cabra montesa. No estoy vestida para hacer marcha. Voy a la casa a darme una ducha.

Dos horas después, Van llamó a la puerta de su dormitorio. Al llegar, le había ofrecido el dormitorio principal, en la planta superior, y tras dudar un momento, ella lo había aceptado.

Volvió a llamar, pero no hubo respuesta. Con su horror a los barcos, dudaba que intentara escapar, aun así sintió cierta preocupación. Abrió la puerta. Tal vez estaba en el balcón…

No. Envuelta en una enorme toalla, estaba sentada en el centro de la cama, las largas piernas desnudas y el cabello convertido en una masa de rizos húmedos, con el rostro vuelto hacia la excelente vista de árboles y océanos que ofrecían los ventanales. La imagen que presentaba, no su belleza y su piel perfumada tras la ducha, sino su fragilidad, hicieron que algo se removiera en el interior de Van.

Había sentido algo parecido en la playa, cuando ella lo había mirado con decepción; entonces había deseado consolarla y ella lo había rechazado. Así que se tragó las ganas de hacerlo, y esperó a que lo saludara. No lo hizo.

—¿Sigues enfurruñada? —preguntó, impaciente.

—Estoy pensando.

—¿En qué?

—En nuestra conversación de la playa —giró la cabeza unos centímetros; los rayos del sol tocaron su cabello y lo convirtieron en puro fuego. Él se quedó sin aliento al ver humedad en sus pestañas.

Había estado llorando.

—Cuando me preguntaste si había alguna persona por quien haría cualquier cosa, contesté reflexivamente. Hay más por las que caminaría sobre ascuas. Zara dice que debería desarrollar un poco de egoísmo sano. Le parezco muy blanda.

—¿Zara es tu hermana?

—Sí. También está en mi lista de personas por las que haría cualquier cosa, pero Pappy fue el primero en quien pensé, aunque falleció hace diez años. Tal vez porque no tuve oportunidad de hacer nada por él. Murió de repente —alzó la vista y lo miró a los ojos—. Se está muriendo, ¿verdad?

La franca pregunta dejó mudo a Van. No hizo falta que contestara, su expresión lo dijo todo.

–Lo suponía –apretó los labios y volvió la cabeza de nuevo–. ¿Has venido solo a preguntar por mi estado anímico o a algo más?

–Te he traído ropa. He pensado que tal vez te gustaría cambiarte para cenar –la dejó sobre la cómoda y fue hacia a la puerta para no revelar la emoción que empezaba a desatarse en su interior.

–Mac es tu abuela, ¿verdad? Tú eres el nieto –dijo ella cuando ya llegaba al umbral

Él, asombrado por su perspicacia, no contestó. No se dio la vuelta. Siguió andando.

Capítulo Siete

Cuando las sombras del crepúsculo cayeron sobre la casa, Van encendió el fuego en la enorme chimenea abierta que dominaba la sala. Susannah no había bajado, no sabía si lo haría, y durante un tiempo eso lo había alegrado. Necesitaba tiempo y soledad para calmar las emociones que ella había removido con sus preguntas.

Ya lo había conseguido, gracias a varios CD de Vivaldi y los beneficios terapéuticos de trocear verduras. Sobre la cocina burbujeaba la salsa para una sencilla pasta marinara. Una botella de vino tinto respiraba sobre la encimera. Y se había recordado a sí mismo lo que realmente importaba.

No llenar su mente con detalles de Susannah Horton; borrar de su mente la decepción o las lágrimas de sus ojos; proteger su orgullo masculino de nuevas heridas.

Si Susannah bajaba a cenar, aprovecharía la compasión que hubieran generado sus revelaciones para perseguir su objetivo. Si no bajaba, tenía la opción de subirle una bandeja. Esa vez estaría preparado. No permitiría que su vulnerabilidad desnuda lo trastornara; la utilizaría para sus fines.

Por más que lo atrajera la idea de cenar junto a la

chimenea, la imagen de ella tumbada en la cama con la ropa que le había llevado, ropa de él rozando su piel…, encendía otra clase de fuego en su interior. Sintió un pinchazo de decepción al oír pasos en la escalera. La alternativa del dormitorio había sido muy atractiva.

Cerró la puerta de la despensa tras sacar un paquete de linguini. Verla bajar la escalera borró su decepción de un plumazo.

Se preguntó qué habría pensado ella de la intimidad que implicaba ponerse su ropa… sobre todo sus calzones. Pero allí estaban, asomando bajo el borde de su sudadera. Le llegaba casi hasta las rodillas, pero aun así exponía lo bastante de sus largas y esbeltas piernas como para que a él se le secara la boca.

Cuando le quedaban dos escalones por bajar, ella vio cómo le miraba las piernas y se detuvo. La tensión chisporroteó en el ambiente, hasta que Van desvió la mirada. Si quería ganarse su compasión, tenía que hacer que se sintiera cómoda. Mantener la vista por encima de su cuello sería un buen principio.

—Te sienta bien —dijo, señalando su conjunto con la cabeza y dejando la pasta en la encimera.

—Agradezco tener algo limpio que ponerme. Gracias —dijo ella, aún con expresión inquieta.

—Tengo mis momentos.

—Este ha sido uno de los buenos —concedió ella. Sus ojos se encontraron. Los de ella denotaban una mezcla de cautela y agradecimiento. Van pensó que era un buen principio. Pero después ella cuadró los hombros y fue hacia la cocina con determinación—. Voy a llevarme algo para comer en mi dormitorio.

—No hace falta. La cena casi está. ¿Por qué no te sientas ante el fuego? Hay entremeses para ir haciendo boca. Y vino, cerveza o refrescos para beber, lo que prefieras.

Ella titubeó y olisqueó el aire.

—Linguini marinara. Mi especialidad.

—¿Has cocinado tú? ¿Desde cero? —preguntó ella con sorpresa.

—No es tan asombroso.

—En julio me dijiste que viajabas demasiado para mantener una casa. Que comías fuera o pedías comida a domicilio. Sí, me asombra que tus dotes culinarias hayan pasado de calentar algo en el microondas a tener una especialidad.

—Pasar semanas sin trabajar tenía que tener alguna ventaja.

—Me alegra que sacaras alguna cosa positiva de esa experiencia —dijo ella con seriedad.

—Aprender a manejarme en la cocina fue una de ellas —contestó él—. ¿Por qué no te sientas? El camarero llegará enseguida.

Ella solo titubeó unos segundos antes de ir hacia la chimenea y sentarse sobre un almohadón, en el suelo. Van vio las preguntas que asomaban a sus ojos y supo que había picado su curiosidad. Se quedaría a cenar con él y hablarían. Borraría la aprensión de sus ojos, igual que la noche anterior.

Con la diferencia de que él no se iría.

—¿Vino?

—Sí, gracias —se giró por la cintura y lo miró por encima del hombro. La curiosidad que había captado en sus ojos antes renació mientras lo observaba servir las copas y ponerlas en una bandeja–. ¿Servir mesas es otra destreza que adquiriste mientras estabas inmovilizado... o no te hizo falta aprender?

–Vivo solo, si eso es lo que estás preguntando.

–Creí que, dadas las circunstancias...

–¿Habría tenido que contratar servicio interno?

Ella se recolocó en el almohadón, seguramente para no destrozarse el cuello mirándolo por encima del hombro. La nueva postura le ofreció una perspectiva fantástica de sus piernas, pero la distracción duró muy poco.

–En realidad, me preguntaba si te habrías instalado con Mac. Es tu única familia, ¿no?

Él había supuesto que retomaría el tema de su relación con Mac, pero no había esperado ese tono ligeramente ácido en su voz.

–¿Por qué tengo la impresión de que no creerás mi respuesta?

–En julio dijiste que no tenías familia. Te creí.

–En julio no tenía familia.

–¿Y ahora, de repente, sí?

–Es otra cosa positiva que saqué de esto.

–¿Sacaste una abuela? –ella movió la cabeza lentamente, entre confusa y exasperada.

Eso resumía la situación bastante bien. Si se concentraba en lo bueno, en vez de en el torbellino de rabia y frustración que bullía en su interior, era capaz de hablar con serenidad.

–Mac tuvo un embarazo no planeado cuando era adolescente. Una hija que dio en adopción. No la bus-

84

có hasta hace diez años. Para entonces mi madre había fallecido hacía mucho tiempo.

—¿Pero te encontró a ti?

—Me buscó y se convirtió en mi cliente. No pensaba confesarme nuestro parentesco.

—¿Por qué no? —ella lo miró con ojos cargados de emoción; justo del tipo que él quería evitar, porque lo revolvía por dentro—. ¿Por qué se molestó en buscarte si no quería reclamarte como familia suya?

—Quería conocerme y ayudarme, pero vio que me iba bastante bien sin familia.

—¿Entonces por qué decírtelo ahora? —insistió ella. Un segundo después chasqueó la lengua, comprendiendo—. Contesté a esa pregunta antes, en el dormitorio, ¿verdad?

—Sí, se está muriendo —alzó los hombros, pero eso no palió la tensión de sus músculos—. Pero no fue solo por eso. Cuando me desperté con amnesia, en el hospital, me ayudó a descubrir qué recordaba y qué no. Mientras me recuperaba hablamos mucho. No solo de negocios, política o economía. Me habló de su pasado. De sus errores. Cuando empezó a hablar de mi madre, todo lo demás afloró.

—Debe haberte impactado mucho.

Él se acercó con la copa de vino y se inclinó para dársela. Luego se sentó en el suelo, lo bastante cerca para que sus rodillas se rozaran. Él agradeció la respuesta física al contacto, eso podía controlarlo y no le atenazaba las extrañas.

—No sientas lástima de mí, Susannah. Como muy bien has dicho, conseguí una abuela.

–Una abuela que vas a perder –dijo ella con emoción. Él iba a distanciarse de esa emoción cuando ella se inclinó hacia delante y lo miró a los ojos–. Dijiste que no podía entender por lo que habías pasado, pero esta parte la entiendo.

–¿Por tu abuelo?

Ella asintió.

–Le gustaba pescar. Esa era su forma de escapar de la tensión de la vida empresarial y las exigencias sociales. Odiaba los eventos a los que estaba obligado a asistir…, y las conversaciones superficiales. Un fin de semana se fue a pescar y no regresó.

–¿A eso se debe tu aversión a los barcos?

–No, eso es porque me mareo. Aunque a un psicólogo la conexión le parecería una mina de oro –esbozó una leve sonrisa–. Pippy Horton era… mucho más que el magnate aprovechado que pretendían describir los medios de comunicación.

–Lo siento.

–Yo también lo sentí. Me dejó su cabaña en la montaña, donde dormíamos cuando me llevaba a pescar truchas –la expresión de añoranza de su rostro le provocó una emoción desconocida a Van. En parte por empatía con ella, en parte porque deseó paliar su dolor, borrar los nubarrones que nublaban sus ojos.

–¿Pescas? Si crees que voy a creerme eso… –movió la cabeza, exagerando su sorpresa.

–Mi abuelo me enseñó a pescar cuando era poco más alta que un saltamontes.

Van enarcó las cejas y la contempló desde esa nueva perspectiva. Incluso con su ropa, Susannah rezumaba clase y estilo cosmopolita. Era incapaz de imaginársela pescando.

—Estoy impresionado.

—¡Ni la mitad que cuando me viste pescar ese pez en las rocas!

Era una referencia al fin de semana que Van no recordaba. Podría haber seguido con ese tema, pedido más detalles. Pero contemplando los reflejos del fuego en su cabello y las sombras en sus ojos, dejó de interesarle el pasado. Quería conocerla a ella, no recuperar su memoria ni pensar en la compra de The Palisades; quería ese momento para él.

—¿Vas a esa cabaña a menudo? –preguntó.

—Parece que siempre estoy demasiado ocupada –movió la cabeza y chasqueó la lengua–. Pero no es excusa. Una vez llevé a Zara. Le enseñé la forma tradicional de pescar con mosca, como Pappy Horton. Se le dio muy bien.

—¿Tu abuelo no la enseñó?

—No conoció a Zara. Es mi hermanastra –su sonrisa se tiñó de tristeza–. Nos conocimos hace unos años, cuando llegó buscando a su padre.

—¿Y te encontró a ti?

—Sí, afortunadamente.

Desvió la mirada y se perdió en la introspección. El vino y los aperitivos quedaron olvidados. Van quería seguir alimentándose con la reconstrucción de la mujer que había tras ese pulido exterior. La mujer que parecía más cómoda con una sudadera y descalza que con un impermeable de diseño abotonado hasta el cuello.

—¿Tu hermana es como tú?

Ella tomó un sorbo de vino y lo miró por encima de la copa, antes de bajarla. Algo había cambiado en el ambiente en los últimos dos minutos. La desconfianza se había templado con comprensión y empatía.

—Me hiciste la misma pregunta la primera vez que te hablé de mi familia.

—¿Y qué contestaste?

—Dije que en absoluto. Zara es despampanante. Alta, rubia, bellísima. Estudia Medicina, es muy inteligente y quiere dedicarse a la investigación médica. Por si eso fuera poco, también es atlética y trabaja como entrenadora física a tiempo parcial. Si no la quisiera tanto, seguramente la odiaría por ser tan fantástica.

—Imagino que os parecéis más de lo que quieres admitir —Van sonrió para sí.

—Esa es la misma respuesta que diste la primera vez.

—¿Estás sugiriendo que soy predecible? ¿Poco original? ¿Aburrido?

Ella dejó escapar una risa suave y profunda que hizo que él mirara sus labios, brillantes por el vino. Sintió la satisfacción de saber que la vibración que existía entre ellos en ese momento era única y personal.

—Oh, no. Eres muchas cosas, pero ninguna de ellas es aburrida.

Tras esa admisión sus miradas se encontraron en una oleada de energía sensual, tan delicada, multifacética y embriagadora como el pinot noir que ella se llevó a los labios.

—¿Antes también hubo esto entre nosotros? —movió la mano, indicando la sutil tensión que se extendía entre ellos y que no podía definir con palabras.

–Sí. Siempre.

La sinceridad de su respuesta careció de artificio o titubeo. Y bien porque ella comprendió que había sido demasiado ingenua, o porque vio la intención en su mirada, su expresión se volvió cauta cuando Van le quitó la copa de la mano y, sin dejar de mirarla, la dejó en el suelo.

Él sintió una intensa satisfacción al ver cómo sus ojos se ensanchaban. El calor que sintió al posar la mano en su rodilla le despertó algo mucho más primitivo en el bajo vientre.

Se inclinó hacia ella.

–No –susurró ella.

Él no le permitió más objeciones. No quería oír el nombre del prometido que se interponía entre ellos. Le alzó la barbilla con la mano y silenció cualquier queja con sus labios. Ella se tensó, con sorpresa o rechazo, y él cambió de objetivo. Ya no solo quería probarla, quería su respuesta, su colaboración y participación.

Su beso.

Tomó su rostro entre las manos y redujo la presión inicial de su boca. Trazó la forma de sus labios, besó las esquinas de su boca, su barbilla, y la hizo cautiva con su mirada, antes de reclamar su boca con una larga y lenta seducción. Se perdió en sí mismo mientras memorizaba su sabor y la textura sedosa de su piel.

Ella, que inicialmente había alzado las manos para apartarlo, agarró su camisa y emitió un ronroneo satisfecho, de rendición. El evocativo sonido y la primera caricia de su lengua provocaron un cortocircuito en las neuronas de Van. Recordó la boca de ella bajo la suya, sus manos enredadas en sus rizos mientras la colocaba bajo su cuerpo y la luz del sol atravesando el cristal y convirtiendo su cabello rojo dorado en un fuego equivalente a la pasión que pulsaba en sus venas. Y recordó el eco de su voz.

«Ahora te tengo exactamente donde quería».

Interrumpió el beso bruscamente, y sacó a Susannah de su ensueño sensual con el latigazo de una palabrota. Ella lo miró desconcertada. Un segundo antes había estado entregado al beso, acariciando su pierna; al siguiente la soltaba.

–¿Qué pasa? –preguntó–. ¿Qué ha ocurrido?

–Creo que... –calló, se mesó el caballo y exhaló con fuerza–. Por un momento, menos de un segundo, tuve una... visión.

–¿Recordaste?

–No lo sé. No sé si fue un recuerdo o una... –alzó un hombro y lo dejó caer con frustración–. No sé lo que reconocí. Fue como una impresión de ti y una frase.

–Yo no he dicho nada. No podía –aparte de que su lengua había estado ocupada, el impacto del beso le había quitado la capacidad de pensar–. ¿Recordaste algo que dije yo?

–No, tú no, yo. Y no sé si es algo que te dije a ti. Apareció en mi mente, claro como una luz, y luego se fue... –chasqueó los dedos– así. Ha sido como un punto de luz en una gran oscuridad, y no sé si es un recuerdo o una fantasía.

El reflejo de esa fantasía destelló en sus ojos, y Susannah comprendió que era de naturaleza erótica. Le soltó la manga. No quería saber más. Quería levantarse y echar a correr; huir de todo lo que ese hombre evocaba en ella, lo físico, lo emocional, el antes y el después.

Sabía que no podía tenerlo; que nunca podría contarle lo que habían compartido durante ese breve espacio de tiempo.

Pero ver la frustración que atormentaba sus ojos le encogió el corazón. No podía darle la espalda sin intentar ayudarlo.

–Puede haber sido un recuerdo –apuntó, con cautela. Escondió los dedos, temblorosos, tras el almohadón que tenía debajo. Tensó los muslos y recogió las piernas en un vano intento de apagar el fuego que había encendido en su cuerpo–. ¿Quieres decirme cuál era la frase?

Él la miró largamente, con obvia tensión.

–Dime solo una cosa. ¿Te hice alguna promesa?

El corazón de Susannah golpeteó dentro del pecho. No podía decírselo. Reabrir esa herida de su corazón no tenía ningún sentido. Reunió todo su coraje, lo miró a los ojos y, por primera vez en su vida, le mintió.

–No hubo promesas, Donovan. Ninguna.

Van no la creyó, pero controló su deseo de refutar la mentira. Presionarla para establecer la verdad sobre promesas del pasado haría que volviera a ponerse a la defensiva. En ese momento necesitaba, y quería, concentrarse en el presente; conseguir que siguiera en esa habitación, con él, era esencial para sus planes.

Impedir su matrimonio se había convertido en algo más que un medio para conseguir el trato. Durante la

91

cena observó cómo comía, bebía y hablaba, sin dejar de pensar en esos labios bajo los suyos. No por el pasado, sino porque era lo que deseaba en ese momento.

El deseo se fue acrecentando minuto a minuto, con cada pausa, cada vez que perdían el contacto visual. Y cada minuto también se afianzó su certeza de que ella sentía la misma dulce agonía de deseo. Lo veía en el rubor de sus pómulos, en el juguetear de sus dedos sobre el mantel, en los comentarios superficiales, y falsamente risueños, que fueron bajando de frecuencia a lo largo de la cena.

Van podría haber tomado las riendas de la conversación, pero una parte perversa de él disfrutaba con la tensión de los silencios, cada vez más largos. Dejó que la situación se prolongara hasta que ella empezó a recoger los platos.

—Déjalos —dijo—. Los platos no se irán a ninguna parte. Seguirán ahí por la mañana.

—Y nosotros también —dijo ella con una chispa de rebeldía en los ojos—. ¿Cuántas mañanas más?

—¿Por qué no hablamos de eso junto a la chimenea —sugirió Van—. Haré café.

—No, gracias.

—De acuerdo, nada de café.

—Ni de conversaciones junto al fuego —añadió ella—. Por favor, Donovan, contesta a mi pregunta. ¿Cuándo volverá Gilly a recogernos?

—Cuando resolvamos este asunto.

—¿Este asunto? —ella se inclinó hacia delante, sin soltar los platos que aún agarraba—. ¿Cómo vamos a solucionar este lío aquí atrapados?

—No me refiero solo al negocio. Nosotros también tenemos asuntos que resolver.

Cuando ella comprendió lo que quería decir, sus ojos se convirtieron en un tormentoso mar verde oscuro. Negó con la cabeza.

—¿Niegas que hay algo entre nosotros? ¿Después de ese beso? —la voz de Van se cascó con el recuerdo, con el impacto, con la seguridad de que esa boca volvería a estar bajo la suya—. Aún lo siento, Susannah. Tu sabor sigue latiendo en mis venas.

—Eso no cambia nada.

—¿No? ¿Y si no me hubiera detenido? ¿Y si el beso hubiera seguido como empezó? ¿Y si hubieras acabado desnuda conmigo dentro de ti?

—Entonces sabría que habías tenido éxito —contestó ella—. Me trajiste aquí por una razón. Quieres poner fin a mis planes de boda. ¿Qué mejor manera de conseguirlo que seducirme?

—No se trata solo del negocio, Susannah. Estás obviando el fuego que hay entre nosotros.

—No lo obvio. ¿Cómo podría hacerlo? —la pasión teñía sus ojos, sus mejillas, su voz—. Pero por mucho que te desee, Donovan Keane, hay una cosa que no haré. Mi padre fue infiel, con la madre de Zara y solo Dios sabe cuántas mujeres más, e hirió a mucha gente en el proceso.

Lo miró con determinación antes de seguir.

—No le haría eso a Alex. Nunca le haría eso a nadie a quien respetara, y dudo que te gustara si lo hiciera. Ni siquiera por conseguir la isla para Mac.

Capítulo Ocho

Van no tenía argumentos contra eso. Si forzaba el tema, perdería su respeto y, en algún momento de las últimas veinticuatro horas, su respeto había adquirido una importancia vital.

Sin embargo, todo en él se rebelaba a la idea de rendirse. Había estado paralizado casi dos meses. Impaciencia, impotencia, deseo reprimido y una docena más de aborrecibles ingredientes fermentaban en su estómago. La larga noche de insomnio, durante la que había oído a Susannah, en la planta superior, dar vueltas hasta el amanecer, no había mejorado la perspectiva que tenía.

Tampoco ayudaron las nubes tormentosas que oscurecían el cielo. Llegaron de repente a media mañana, como si su turbulento estado de ánimo las hubiera convocado. Había intentado relajarse corriendo por la playa. Pero el efecto solo había durado hasta que regresó a la casa.

Pensando en la comida que iba a preparar tras darse una larga ducha, empezó a quitarse la camiseta húmeda de sudor en cuanto entró. Susannah estaba acurrucada en el sofá. Había un libro abierto sobre su regazo, pero tenía la mirada perdida hasta que oyó sus pasos.

Miró su torso desnudo y la relajación de Van se evaporó bajo el escrutinio.

Cuando los ojos verde mar miraron su rostro, ella debió leer el significado de su expresión. Mujer inteligente, no dijo una palabra de las cicatrices, pero él notó que esos ojos seguían cada uno de sus pasos de camino al dormitorio.

—¿Vendrá Gilly hoy? —preguntó ella.

—No —su mal humor lo llevó a detenerse con la mano en el pomo de la puerta—. Si te preocupa el mal tiempo que se avecina, hay una lancha pequeña en el cobertizo. Podemos irnos ahora.

—¿Cómo de pequeña?

Él se dio la vuelta. Sus dedos aferraban el libro, pero aún alzaba la barbilla con orgullo. A pesar de su miedo, estaba considerando la opción. Mientras Van se duchaba, recordó la conversación de la tarde anterior: su abuelo había salido a pescar y no había regresado nunca.

Salió del dormitorio un cuarto de hora después, con una disculpa preparada, pero ella se había ido. Desde el porche la vio junto al cobertizo. Se preguntó si estaría comprobando el tamaño de la lancha y se maldijo por haberla mencionado.

Dos horas después, aún no había regresado. Lo atenazó la preocupación. No podía haber hecho algo tan estúpido. No solo no le gustaban los barcos, la aterraban.

Entonces vio un movimiento en el camino. El blanco de la camisa que, con unos pantalones cortos, había dejado junto a la puerta de su dormitorio esa mañana. Volvía, pero sin prisa.

El pecho se le tensó con una contradictoria mezcla de alivio y enfado. Si no aceleraba el paso, la tormenta la atraparía. Justo en ese momento, se oyó un trueno y empezaron a caer las primeras gotas. Van bajó las escaleras al trote.

La encontró un par de minutos después, justo cuando empezaba a diluviar. Llegaron a la casa empapados y Van tenía ganas de pelea. El terreno de la isla era abrupto en el mejor de los casos. Habría sido fácil que se perdiera o cayera.

—¿Es que no tienes instinto de supervivencia? —atacó, ya a cubierto bajo el porche.

—Creo que sí —dijo ella, recogiéndose el pelo mojado con la mano—. No me fui en la lancha.

«Diablos. Se lo había planteado en serio», pensó Van. El miedo lo paralizó un momento. Cuando se reunió con ella en la puerta, vio que tiritaba de frío. Abrió la puerta e hizo que entrara.

—Estás helada —cerró y señaló el dormitorio vacío con la cabeza—. Esa ducha es la más cercana. Ve a calentarte bajo el agua. Te buscaré ropa seca.

—Puedo usar…

—No discutas, o te levantaré en brazos y te meteré en la ducha yo mismo.

Al ver que apretaba los labios, testaruda, dio un paso hacia ella. Ella retrocedió y alzó las manos para que se detuviera. Le temblaban.

—Ya voy. Puedo hacerlo sola.

Van no estaba tan seguro. Entrecerró los ojos y la observó. A pesar del temblor de sus manos, empezó a desabrocharse la camisa por el camino.

–¿Puedes con los botones? –preguntó.

Ella se dio media vuelta en la puerta y él notó lo que antes no había visto. La lluvia le había calado el tejido, que se pegaba a su piel y transparentaba la forma de su sujetador de encaje y las generosas curvas de sus senos. Sintió tal oleada de deseo entre los muslos que se quedó clavado en el sitio.

Una imagen destelló en su cerebro. Sus manos desabrochando los botones, la sombra de la aureola de un pezón bajo el encaje, el beso de su piel sedosa bajo la lengua.

Lentamente, alzó la vista. Sus ojos se encontraron. Ella se le encaró con orgullo y contestó a la pregunta que él ya había olvidado.

–Sí, puedo con ellos.

Susannah solo estuvo en la ducha el tiempo necesario para entrar en calor. No podía entretenerse para no rememorar esa mirada una y otra vez. No quería pensar en él empapado, con la camiseta pegada al torso… ni quitándosela.

No. No iba a pensar en Donovan Keane desnudándose. No lo haría.

Cerró el grifo de la ducha, pero siguió oyendo el ruido del agua, justo al lado. Se lo imaginó alto, moreno y desnudo. Saber que estaba al otro lado de la fina pared la dejó sin aliento unos segundos.

Después agarró una toalla para correr escalera arriba y encerrarse en su dormitorio hasta que pasara la tormenta, o al menos la que se libraba en su cuerpo. Al salir del cuarto de baño encontró ropa limpia sobre la cama, sin duda elegida por él para ella, dado que nadie utilizaba esa habitación.

La recogió y corrió escalera arriba hasta su dormitorio. Echó el cerrojo y apoyó la espalda en la puerta. Jadeaba, y no solo por la carrera. La suave tela de algodón de la camiseta y de los calzones blancos que sujetaba contra su pecho le parecía increíblemente íntima.

Estaban limpias, pero él había llevado esas prendas contra su piel desnuda antes. Si tuviera el más mínimo sentido común, las descartaría y usaría su propia ropa interior, ya lavada, que se secaba en el toallero de su cuarto de baño.

Si tuviera sentido común se recordaría que la había atrapado allí en contra de su voluntad, que era su prisionera y que no tenía ningún derecho a regañarla por estar fuera cuando empezó la tormenta. Tenía docenas de razones para estar molesta con él, pero no podía estarlo porque entendía su motivación.

«¿Hay alguna persona en tu vida por la que harías cualquier cosa?».

La noche anterior, cuando ella apeló al respeto, la había dejado marchar. Esa mañana había salido a buscarla, para asegurarse de que regresaba sana y salva. Luego le había dejado ropa limpia.

Comprendió, con fatalismo, que esas cosas suponían mayor peligro para su resolución que imaginar sus músculos fuertes y húmedos.

La tormenta rugía con furia y los cristales de las ventanas temblaban. Se vistió rápidamente, con su propia ropa. Y a pesar de haber hecho voto de recluirse allí, sabía que el aullido del viento la haría bajar a la seguridad y calidez de la planta baja. No tenía sentido retrasar lo inevitable.

Abajo encontraría algo con lo que entretenerse... o al menos redirigir sus pensamientos. La casa contaba con una biblioteca bien surtida, música y juegos de mesa tradicionales.

«¿A quién quieres engañar? Abajo está Donovan, él será tu entretenimiento».

Se le tensó el estómago con aprensión mientras bajaba las escaleras. No había tardado en vestirse; había renunciado a domesticar su rebelde cabello, recogiéndolo en una trenza suelta. Se había puesto una crema hidratante con algo de color, pero nada más.

Aun así, él ya estaba en el salón. En cuclillas ante la chimenea, aplicó una cerilla a las astillas y el fuego prendió con un chisporroteo. Susannah sintió esa misma sensación en su interior cuando las llamas iluminaron su perfil con luz dorada.

No sabía qué la llamaba tanto de ese hombre, de su belleza masculina. Sentía con él una conexión, un profundo entendimiento y deseo.

Él se giró, la vio y estiró su cuerpo, de más de un metro ochenta, impactándola. La tormenta aullaba, instigándolos a refugiarse. La mente de ella clamaba lo mismo, pero el tronar de su corazón apagó el grito.

—Has vuelto a ponerte tu ropa —dijo mirando su falda, suéter, medias y botas—. Espero que estés cómoda.

–En realidad no –admitió ella. Tras el beso de la noche anterior, no tenía mucho sentido negar la atracción que había entre ellos–. Pero tus cosas… gracias. Si el tiempo sigue así, puede que las necesite mañana –instintivamente, se abrazó.

–¿Tienes frío? Ven a sentarte junto a…

–No, no tengo frío –aseguró ella–. Es la tormenta. El viento. No me gusta que tiemblen los cristales.

–¿Por una mala experiencia?

–Uno de esos viajes a la cabaña de mi abuelo. Es una cabaña auténtica, una habitación y un baño exterior. Rústica y sin comodidades modernas. Era el método de Pappy para seguir en contacto con sus raíces.

–¿Un hombre que se hizo a sí mismo?

–Sí –por fin abandonó la escalera y entró en la sala–. Propiedades, desarrollo, inversiones. El caso es que un fin de semana que estábamos en la cabaña hubo una gran tormenta y derribó un árbol enorme, que cayó al borde del porche. Por un momento, creí que no cumpliría los nueve años.

–Eso habría sido una lástima –dijo él–. Imagino que los cumpleaños en casa de los Horton deben haber sido muy especiales.

–Oh, sí. Grandes espectáculos –su voz sonó más cínica de lo que había pretendido y él lo notó. Soltó una risita desdeñosa–. Como ves, sobreviví sin sufrir daños. Supongo que la tormenta no debió ser tan terrible como yo la recuerdo. Seguramente una brisa, comparada con esto. Arriba, con ese ventanal tan grande… he pensado que media isla acabaría dentro de mi habitación.

Como si quisieran darle la razón, el viento y la lluvia golpearon con fuera la pared este. Susannah se estremeció, pero Donovan siguió impertérrito.

—Este refugio, nada rústico, ha sido construido para soportar mucho más que esto.

—Si tú lo dices.

—Lo sé. Aunque no recuerde haber venido, tenía todos los informes y tasaciones. Sabía exactamente lo que estaba comprando —le dirigió una mirada tranquilizadora—. Aquí estás a salvo.

—¿Lo estoy?

La noche anterior, cuando le hizo esa pregunta, él había contestado marchándose. Esa noche, antes de acomodarse, antes de confiar, necesitaba que le diera su palabra.

—Yo te he traído aquí, Susannah. Te mantendré a salvo.

Susannah confió en él. Esa noción, sorprendente, agradable, aterradora, tiñó el ambiente según pasaba el tiempo. Ella se negó a sentarse junto al fuego sin hacer nada mientras él le servía; no podía estarse quieto.

No hacía falta explicación; era parte de su naturaleza activa y del espíritu inquieto que lo mantenía siempre en marcha, buscando nuevos retos empresariales. Otra de las razones por las que no necesitaba un hogar.

Colocó otra pieza del rompecabezas en el que llevaba trabajando media hora y después fue a buscarlo a la cocina.

—No, no —le dijo—. Hoy me toca hacer la cena.

—¿Cocinas?

—Bastante bien, de hecho.

Él apoyó la cadera en la isla de la cocina, cruzó los brazos sobre el pecho y sonrió.

—No me digas.

—¿A qué viene la sonrisa? —preguntó ella, suspicaz.

—A ti.

Sus ojos se encontraron. Pedir explicaciones era puro masoquismo, pero ella no pudo evitarlo.

—A mí… ¿en qué sentido?

—Eres una sorpresa constante. Cuando te vi por primera vez, incluso antes de verte, te había imaginado como una princesa.

—¿Con botas de agua y una tiara?

La sonrisa de él se amplió en sus labios; profundizó en su corazón.

—Esa es una buena imagen.

—Siempre he estado más cómoda con botas de agua —admitió ella, con acento de clase alta—. La tiara se me enreda en el pelo.

—Hay mucho donde enredarse —dijo él, mirando la trenza deshilachada—. ¿El color es natural?

Se lo había preguntado antes. La primera noche. Antes de descubrir la verdad a su manera.

Sintió un cálido cosquilleo en la piel, y recordó la sensación de sus dedos bajo la falda, acariciando su muslo. Y su maldita complexión de pelirroja se tiñó de rubor, permitiendo que él adivinara las imágenes que pasaban por su mente.

—Sí —dijo ella, ronca—. Todo es natural.

—¿Y los rizos? —preguntó él, entornando los párpados mientras consideraba su respuesta.

102

–Lo que ves es lo que soy.

–Sin ayuda ni artificio –murmuró él con voz sedosa y apreciativa, y una mirada que hizo revivir cada nervio del cuerpo de Susannah–. Eso no es muy de princesa.

–No todo es por elección. Esto… –se echó la trenza a la espalda– normalmente estaría alisado con la ayuda de un secador. Llevaría maquillaje. Zara dice que debo arreglarme y embellecerme para Australia.

–No lo necesitas.

–Oh, sí. Una princesa que crece con pelo pelirrojo y rebelde, piernas desgarbadas y pecas, ¡aprende a embellecerse!

Él emitió una risa profunda que resonó en cada célula del cuerpo de Susannah. Se dio cuenta de que en todo el tiempo que había pasado con él, era la primera vez que oía esa risa. Apenas había empezado a paladear la novedad, cuando él habló.

–Creciste fantásticamente, princesa.

Al final prepararon la cena juntos, un proceso agradable que se alargó bastante gracias al ambiente bromista que habían establecido. Ella le dijo que prefería Princesa a Ricitos de Oro. Él se metió aún más en su corazón al preguntarle cómo la había llamado Pappy.

–Princesa –admitió ella. Después, para aligerar la súbita tensión, se puso seria y añadió–: O por mi título completo: Princesa Susannah de las Charcas Horton.

–Eso encaja con las botas de agua y la caña de pescar.

–Exactamente.

Siguieron preparando la cena, bromeando y discutiendo. Debatieron sobre la combinación óptima de hierbas para el pescado al horno, probaron los ingredientes de la ensalada mientras cortaban y trituraban, se disputaron la prensa de ajos, pero no la tarea de cortar las cebollas.

Pero bajo la superficie yacía la bestia de su atracción, esperando el momento de atraparlos. Por ejemplo, cuando Susannah rechazó una copa de vino.

—Después de anoche... no, me abstendré —dijo. Y el recuerdo del beso fue obvio en los ojos de él.

O cuando se le deshizo la trenza mientras batía los huevos para las natillas.

—Yo la arreglaré —dijo. Puso las manos en su pelo y volvió a trenzar los mechones, haciendo que ella deseara mucho más. Después, ella lo miró y vio que miraba con anhelo sus pezones erectos.

Su cuerpo se sentía atraído al de él como si fuera un imán. Una atracción intensa y necesaria.

Pero, de repente, el crujido de un tronco partiéndose puso fin al momento. Susannah soltó un gritito y dejó caer el bol sobre la encimera. Donovan corrió hacia la puerta.

Una rama había caído ante la casa, sin causarle ningún daño. Van agradeció la interrupción. Si Susannah hubiera seguido mirándolo así, si hubiera tocado cualquier parte de su cuerpo, no habría sido responsable de sus actos. Antes de volver a entrar, necesitó diez minutos de viento helado para calmar el ardor de su cuerpo.

Dos horas después habían cenado y la tormenta había amainado, pero no antes de que otra rama cayera contra un lateral de la casa.

—Ya entiendo qué querías decir cuando me amenazaste con ponerte a gritar —dijo Van. No fue buena idea recordarlo, porque también volvió a su mente el olor de su piel, el calor de su ira, el deseo de estar tan cerca de ella otra vez.

—Eso no fue un grito —lo contradijo ella— —. Más bien… un gritito.

Van se recostó en la silla y la contempló con una mezcla de diversión y deseo. La princesa Susannah era increíble. Cada hora que pasaba con ella descubría algo nuevo.

—Por curiosidad… ¿qué te hizo lanzar ese grito espeluznante aquel fin de semana?

Ella terminó de lamer el azúcar caramelizado de su cucharilla antes de contestar.

—Una rana. Fea. Quizá fuera un sapo —aclaró ella—. Estábamos en el jacuzzi y giré para agarrar algo; estaba en el borde de la bañera. Allí mismo.

—¿La princesas no besan a los sapos?

—Las princesas besan a los príncipes.

Él debería haberse reído. O haber seguido bromeando sobre la rana o el sapo. Pero se perdió en el recuerdo del sabor de su beso y la frustración que había mantenido a raya resurgió.

—¿Un príncipe como Carlisle? —preguntó.

—Nunca he besado a Alex —respondió ella.

El corazón de Van casi se detuvo al oír eso. Nunca se había acostado con Carlisle.

–¿Y aun así vas a casarte con él?

–No lo sé. Puede que no tenga alternativa.

–¿Es eso lo que buscas, Susannah? ¿Una alternativa? –sus ojos se estrecharon como rayas plateadas–. ¿Otra proposición?

–¡No! –alzó la barbilla y lo miró con lo que parecía ira auténtica–. Sé que no quieres casarte. Que valoras tu independencia demasiado.

–Entonces, ¿qué quieres? ¿Quieres que te quite la elección de las manos? ¿Que me levante de la silla, rodee la mesa y te lleve a mi cama a…?

–¡No!

–¿No me deseas? –bajó la voz–. Mentirosa.

–Sabes que te deseo –contestó ella con voz vibrante de agonía–. Y sabes por qué no me permitiré estar contigo.

–¿Por tu padre, el infiel?

–Sí. Mi padre, el traidor. No seré como él. Y cumpliré mi palabra con Alex.

Con el corazón en la boca, Susannah lo contempló ponerse en pie. Se preguntó si rodearía la mesa, si la presionaría, tras no haberlo hecho la noche anterior.

–Voy a ver si hay algún desperfecto afuera –dijo él.

–¿Puedo ayudar?

–Puedes ayudar yéndote a la cama –dijo él con una sonrisa entre divertida y amarga–. Puedes utilizar el dormitorio libre de esta planta, si te sientes más segura.

Ella miró la puerta que había al lado de la del dormitorio de él.

–Sí –dijo él con ironía–. Tal vez deberías plantearte echar el cerrojo.

Se fue y ella decidió dormir abajo, pero luego recordó las duchas separadas por una fina pared, y lo vulnerable y tentada que se había sentido allí. Toda la noche, tan cerca, era demasiado peligroso.

Podía dormir arriba. Solo era viento. Y el día anterior había hecho un viaje en barco sin humillarse. Si podía con esa noche, tal vez algún día podría enfrentarse a una rana.

Subió la escalera y empezó a desnudarse en cuanto cerró la puerta. Pronto podría meterse bajo el cobertor y quedarse allí, tapada y segura. Se quitó la ropa interior, se lavó la cara y se puso su camisón improvisado.

La camisa de Donovan.

La tela acariciaba su piel, fina y fría como la seda. Muy adecuada para la princesa Susannah. Una sonrisa curvó sus labios mientras doblaba los puños y empezaba a abotonarla.

Llevaba dos botones cuando un terrible golpe de madera contra cristal detuvo sus dedos; la sonrisa se convirtió en un grito.

Capítulo Nueve

La tormenta había amainado, la noche se volvió silenciosa, excepto por los crujidos de la madera húmeda y el goteo de agua desde el tejado. Van rodeó la casa con frustración. Debería alegrarse de que la casa que pronto sería su propiedad no hubiera sufrido daños, pero dentro de él la tormenta seguía desatada.

Había enviado a Susannah a la cama, pero una parte perversa de él tenía la esperanza de que no lo hubiera hecho. De encontrarla acurrucada en el sofá, con el fuego pintando sombras doradas sobre su cuerpo. Si eso ocurría, la confianza que había puesto en él se iría al traste.

Se detuvo bajo la ventana del dormitorio libre, que estaba oscuro y en silencio. Tal vez siguiera levantada. El pulso se le aceleró y siguió rodeando la casa con pasos firmes y rápidos.

Del lado este de la casa le llegó el sonido de una rama partiéndose y el impacto de su golpe. Pero fue un grito, que rasgó la noche en dos, lo que le hizo volver corriendo a la casa… para descubrir que toda la planta baja estaba vacía.

Lleno de pánico, subió los escalones de tres en tres. Abrió la puerta de un tirón y se detuvo al ver la rama que había penetrado en la habitación, destrozando el ventanal. Trozos de madera y fragmentos de cristal cubrían el suelo y la cama que, gracias a Dios, estaba vacía.

—¡Susannah! —el nombre le rasgó la garganta. Pensó que tal vez estaba abajo y no la había visto.

La puerta del cuarto de baño se abrió, y la luz iluminó la escena de destrucción. Van oyó su gemido, vio la palidez de su rostro.

—Quédate ahí. No te muevas.

El cerebro de Van procesó la información de que estaba sana y salva, pero su tensión no se disipó. Los cristales crujieron bajo sus pies mientras cruzaba la habitación.

Sin dudarlo, la alzó en brazos. Su suspiro de asombro acarició su mejilla, pero no se paró a disfrutar de la sensación. Volvió por donde había llegado, y ella se abrazó a su cuello.

Ese gesto de confianza apaciguó su tensión. Lo suficiente para ver que llevaba puesta su camisa y su calzón blanco. Suficiente para notar el cosquilleo de un rizo en el cuello, la sedosa caricia de sus piernas desnudas en el brazo, la presión de sus senos en el pecho.

—Puedo andar —musitó ella, cuando llegaron a la planta baja—. No hace falta que me lleves.

—Había cristales por todos sitios.

—Aquí abajo no —apuntó ella, pero le temblaba tanto la voz que él la apretó contra su pecho y fue hacia su dormitorio.

—Estoy bien —insistió ella. Tragó aire—. ¿Dónde me llevas?

–Necesito comprobar que estás bien –dijo él, empujando con el hombro la puerta que daba al cuarto de baño.

–Lo estoy. En serio –dijo ella. Pero seguía demasiado pálida, sus ojos eran pozos de oscuridad y le temblaba la voz–. Me ha asustado ver mi cama con todos esos cristales.

Maldiciendo entre dientes, cruzó el umbral y la sentó en la cómoda cama que se extendía todo el ancho de la habitación. Captó su imagen en el espejo; tenía el rostro tan tenso que casi daba miedo.

No le extrañó que ella deseara que la dejara en el suelo, ni que tuviera el pulso disparado. La rama la había asustado, sin duda, pero la reacción de él había incrementado su miedo.

–Lo siento –murmuró él–. Deja que compruebe que no tienes ninguna astilla o esquirla de cristal en los pies…

–Estaba en el cuarto de baño.

–Enséñamelos –pidió él, incapaz de creerla.

Sin esperar su permiso, la inclinó hacia atrás hasta que sus piernas y pies quedaron iluminados por las luces. Oyó su jadeo cuando tomó sus pies en las manos. Ella apoyó una mano en su hombro.

Cuando miró el esbelto arco de su pie, los delicados huesos de su tobillo, las uñas pintadas color perla, sintió una oleada de posesión tan intensa que casi se le doblaron las rodillas. En parte por reacción a su aterrorizada carrera escaleras arriba, en parte por la descarga de adrenalina al saber que estaba bien. Pero había algo más: deseo, salvaje y primitivo.

Por fin tenía su sedosa piel en las manos, piernas desnudas, cálidas e interminables que acababan bajo su calzón. Cuando soltó su pie vio que tiritaba y que no llevaba nada bajo la camisa. Medio desabotonada, la prenda se había abierto y revelaba la punta rosada de uno de sus senos.

O tenía mucho frío, o estaba excitada.

Van sintió una oleada de anhelo. Deseó arrancarle la camisa, capturar ese seno con su boca, festejar su vista y gusto y tacto con ese cuerpo que había tenido antes, aunque no lo recodara. Obligó a sus manos a colocar la camisa en su sitio, aunque el calor que sintió bajo los dedos lo tentaba. Se estremeció y ella también. Cuando alzó la vista, comprobó que ella lo observaba con ojos cargados de deseo.

La alzó en brazos de nuevo y la llevó a su cama. Podía abrazarla, darle calor y tranquilizarla hasta que volviera a sentirse segura.

Después, ella se daría cuenta de que estaba en su cama, acurrucada en sus brazos, con la nariz en su cuello y el rostro de él enterrado en su fragante cabello. Comprendería que, aunque quería reconfortarla, su cuerpo se debatía entre el control y el deseo. Y sabría que no estaba segura con él...

Pero por el momento...

Alzó una mano y le apartó los rizos alborotados del rostro. Ella suspiró. Él besó su coronilla, le acarició la espalda y murmuró las palabras que ella necesitaba oír y el mensaje que él necesitaba recordar.

—Estás bien, Susannah. Ahora estás a salvo. Duerme.

Estaba segura, sí, pero no estaba bien.

Cuando cerró los ojos, su corazón parecía un conejito asustado que solo podía reconfortarse con el latido sólido y pausado del corazón de Donovan. Estiró los dedos de la mano que aún agarraba su camisa para apoyar toda la palma sobre ese reconfortante latir.

Eso funcionó uno o dos segundos. Su miedo se difuminó, sintiendo la presión de sus labios en la cabeza, el calor que irradiaba su cuerpo, la caricia de sus manos en la espalda y el ritmo pausado de su corazón. Entonces movió los dedos unos milímetros, rozó la cicatriz y todo se paralizó.

Él, ella, el tiempo.

Ya no le extrañó que hubiera parecido tan afectado en el cuarto de baño, ni su necesidad de comprobar que estaba bien. No era solo porque se sintiera responsable de su seguridad.

–¿Estás bien tú? –se apoyó en un codo y observó su perfil y su expresión velada.

–Estás en mi cama –apretó la mandíbula–. Estoy muy bien.

–Sabes por qué lo pregunto.

Sí que lo sabía. Había hecho ese comentario incendiario para distraerla. Para que no preguntara por algo que hacía que él se sintiera vulnerable.

Ella captó el brillo determinado de su ojos. Notó que la presión de su mano en la espalda aumentaba, y fue como una descarga eléctrica para su feminidad.

–Tengo cicatrices, Susannah –dijo, con voz ronca–. Hubo cortes, puntos, varias operaciones. Podemos jugar a «enséñamelas», si quieres, pero si pones la mano en mi cuerpo, en cualquier sitio, lo interpretaré como que deseas algo más.

Susannah lo miró a los ojos y se perdió en una agonía de deseo. Le dolían esas semanas perdidas, el haber pensado lo peor de él y no haber confiado en su corazón. Sabía que estaba mal y que se arrepentiría, pero no podía darle la espalda. Lo veía allí tumbado, camisa blanca, pantalón oscuro y ojos plateados, y todo su ser lo anhelaba.

Alzó una mano para tocar su rostro y él la interceptó, agarrando sus dedos temblorosos.

–Quiero que estés muy segura, Susannah.

Ella asintió, con un nudo en la garganta. Quería decir las palabras, hacerle saber que había hecho esa elección, pero él se llevó la mano a los labios y le besó la palma. No hizo falta más.

Bajó los párpados para disfrutar de ese erótico segundo y volvió a alzarlos cuando él subió las manos a sus hombros y la tumbó de espaldas. Después la cubrió con su cuerpo y su beso.

La plenitud de ese contacto de ojos, labios y cuerpos la engulló como una ola de calor. Adquirió conciencia de todos los puntos de contacto entre ellos. La presión de sus labios, el calor de sus manos, la textura de sus pantalones sobre sus muslos desnudos.

La lenta caricia de su lengua la llevó a abrir la boca, invitándolo, para que borrara de su corazón los últimos rastros de pánico, para que confirmara que estaba allí y la mantendría a salvo.

Él deslizó la boca por su mandíbula, le mordisqueó el cuello y después el lóbulo de la oreja. Ella arqueó la espalda y él le susurró una promesa erótica, que se perdió entre el ruido de su respiración entrecortada y el tronar de su corazón.

Pero las palabras no importaban. Bastaba con que fuera Donovan. La caricia de su aliento en la piel, el sonido ronco de su murmullo, el saber que él, y solo él, podía dar vida a su cuerpo y llenar la dolorosa soledad de su corazón.

Él volvió a besarla, deslizando las manos hasta sus caderas y haciendo que sus cuerpos se fundieran el uno con el otro tanto como era posible sin quitarse la ropa. Después, sin dejar su boca, se tumbó de espaldas y la colocó sobre él.

El beso tomó un nuevo rumbo, se convirtió en un estallido de pasión. Él bajó las manos de sus caderas a sus nalgas, atrayéndola; ella forcejeó con los botones de su camisa, frenética por desnudar su pecho y acariciarlo. Él abandonó su boca para mordisquear la delicada piel donde se unían hombro y cuello.

—Uno de mis puntos erógenos —musitó ella, que se había estremecido de pies a cabeza con el contacto—. ¿Cómo lo has sabido? ¿Te acordabas?

Van había actuado por instinto. No reconocía esa intensidad, esa necesidad de complacerla, de pasar el resto de su vida dentro de ella.

Era total y tremendamente nueva.

Para huir de lo desconocido, se aplicó a lo que sí conocía. El deseo abrasador. Abrió el último botón de la camisa, exponiendo sus pechos. Con una caricia larga y lenta de su lengua mojó cada pezón y luego utilizó los dientes con suavidad, hasta que ella gritó su nombre.

–Donovan.

Adoraba oírla decir su nombre, y cuando lo repitió su acento australiano penetró la barrera de su mente y resonó en su memoria una y otra vez: el grito febril de una mujer llegando al clímax.

Movido por la desesperada necesidad de volver a oírlo, la tumbó de espaldas y acarició la sedosa piel de la parte interna de sus muslos. Deslizó los dedos dentro del calzón y la encontró húmeda y ardiente. Vio que ella aferraba la sábana como si necesitara un punto al que anclarse; la imagen le resultó sumamente erótica.

El cuerpo de ella vibraba bajo sus dedos, y en sus ojos ardía el deseo. No necesitó más invitación. Con rápida eficiencia, le quitó el calzón y se sentó en los talones para admirarla.

Todo, desde la curva de su codo a la de su cintura era pura perfección femenina.

Deseó aullar como un perro en luna llena, dominado por la frustración. No podía recordar esa imagen embriagadora, que lo estaba hechizando. ¿Cómo podía no recordarla?

La acarició con la mirada una vez más, guardando cada detalle en su mente, luego fue al cuarto de baño para apagar la luz.

Susannah había olvidado lo intensa que era la oscuridad en ese lugar tan aislado, sin los millones de luces de la ciudad y del destello de aparatos electrónicos.

Una oscuridad total.

En julio habían hecho el amor de noche y a plena luz del día. No había habido justificación para la modestia en Stranger's Bay y menos la había en isla Charlotte. Mientras él se desnudaba, a Susannah se le encogió el corazón.

Se preguntó si él la consideraba tan vana como para despreciarlo por sus cicatrices. Comprendió que el problema no eran las cicatrices en sí, sino cómo reaccionaría ella. Tras un día tan intenso, tenía los nervios a flor de piel, y ni ella misma sabía cuál sería su reacción. Tal vez le diera por pensar en sus lesiones, su dolor, su mortalidad.

—¿Te molesta la oscuridad? —preguntó él, al notar que se estremecía.

—Solo si impide que me encuentres —contestó.

El colchón se hundió con su peso; estaba a su lado, acelerándole el corazón. Él puso una mano en su cadera y la giró de costado, hacia él.

—Te encontré.

Merecía una respuesta burlona, pero a Susannah no se le ocurrió ninguna. Estaba allí, desnudo, suyo, y esa enormidad invadió cada célula de su cuerpo, inflamándola de deseo. Quiso demostrárselo. Deslizó las manos por su brazos, sus hombros, por su espalda.

Cuando descendió más, él aprisionó una de sus piernas con las suyas. Sus ojos se buscaron y encontraron, a pesar de la oscuridad; sus cuerpos estaban tan cerca que no pudo dudar de su viril reacción. Sus muslos se encontraron e iniciaron una danza de pasión y deseo incontrolable.

–Necesito estar dentro de ti.

La oscuridad y el deseo habían acabado con la timidez de Susannah, que contempló cómo se ponía un preservativo, con ojos firmes y sentimientos caóticos. Un segundo después la mano de él acariciaba su rostro, sus labios, mientras se situaba entre sus muslos. Sus ojos se encontraron mientras él se introducía lentamente en su cuerpo; Susannah olvidó todo cuando el anhelo y el amor se fundieron en un torbellino que tomó posesión de cuerpo, mente y alma.

Lo aceptó, duro, fuerte y vital. Para ella solo había ese hombre; ningún otro podía encajar así con su cuerpo, completarla en su deseo.

Vio en sus ojos un destello plateado, satisfecho, cuando la penetraba hasta lo más profundo de su ser. Después se quedó quieto y emitió un gruñido, suave y al tiempo salvaje, que a ella le pareció delicioso. «Esto es lo que me he perdido», pensó, mientras se besaban y sus cuerpos se unían. El beso fue un eco del ritmo de sus sexos unidos, y no se detuvo hasta que sus pulmones necesitaron aire y sus jadeos rompieron la oscuridad y el silencio.

Cuando ella pensaba que sus exquisitas caricias no podían acercarla más al cielo, él atrapó su labio inferior con los dientes y se quedó quieto. Rígido sobre ella, a punto de perder el control, la miró. Y ella supo que había recordado algo.

Alzó la mano y acarició su rostro; él empezó a moverse de nuevo, penetrándola con fuerza. Susannah se resistió a dejarse ir, no quería que acabara, lo quería dentro de ella, quería que el momento durase eternamente.

Después habría palabras, culpabilidad, confesiones, y todo cambiaría de nuevo.

Lo rodeó con las piernas, posesiva. Y eso fue lo que pudo con ambos. El orgasmo llegó rápidamente, atrapándola en su dulce y salvaje grito y lanzándola al infinito. En ese vuelo, repitió su nombre una y otra vez, como una letanía.

Él la penetró profundamente una vez más y se tensó al liberar su descarga. Ella lo abrazó, con brazos, piernas y un corazón desbocado; le acarició la espalda y frotó la cara en su cuello, inhalando su aroma viril, impregnándose de él.

Después, sus cuerpos saciados se acoplaron en una fusión perfecta de ángulos y curvas. El brazo de Donovan la unía a su costado y su aliento en la sien hizo que unos pelillos cayeran sobre sus ojos.

Si Susannah hubiera tenido energía, los habría apartado. Pero estaba felizmente rendida, incapaz de mover más que los dedos de la mano que reposaba sobre el pecho de él.

–¿Eso te ha hecho recordar? –preguntó con voz suave, recordando el instante de tensión que había visto en su rostro.

–No –contestó él, relajado e imperturbable.

–¿Y no te molesta?

–Ya no.

Ella no supo cómo interpretar esa respuesta. En Stranger's Bay la frustración de no recordar había reverberado a su alrededor como un campo eléctrico. Bajo la palma notó una de las cicatrices que le cruzaban el abdomen. Aunque le había advertido que no preguntara, en ese momento estaba relajado. Era buen momento.

—¿Y el asalto? ¿Te molesta no recordarlo?

—Me molesta que me pillaran desprevenido y me ganaran la partida —el brazo que rodeaba su cintura se tensó. Susannah contuvo la respiración hasta que volvió a relajarse—. Ahora al menos sé por qué podría haber estado despistado.

—¿Por mí?

—Por todo un fin de semana contigo. Sí.

—Me gusta la idea de que estuvieras pensando en mí, pero odio lo que te ocurrió por esa razón.

—¿Las cicatrices?

—Las heridas que causaron las cicatrices —corrigió ella—. Lo que tuviste que sufrir y todo lo que ocurrió después.

—Eso podemos arreglarlo —dijo él.

—¿Podemos?

—Mañana.

—¿Y ahora?

Susannah notó que la mano que tenía en la cintura abría los dedos y la abrasaba. Las piernas de él la atraparon contra la cama con su peso.

—Ahora... —su voz se convirtió en algo parecido a un gruñido felino— hay otras cosas que prefiero rememorar.

Capítulo Diez

Van nunca había dormido bien pero, por una vez, agradeció su insomnio. Con la pálida luz del amanecer observó a Susannah dormir con un satisfacción que nunca había sentido antes… o que no recordaba haber sentido.

No recordaba haber estado con ella. En los últimos días había tenido destellos de recuerdos difusos; y las explosivas horas que acababan de pasar en la cama no habían transformado esos destellos en recuerdos reales.

Pero en ese momento no le inquietaba la falta de recuerdos. Ya que la tenía, solo le importaba conseguir que siguiera con él. En su cama, su casa, su vida. La permanencia que implicaba esa idea debería haberlo aterrado, pero no era así.

Impaciente por avanzar hacia un futuro compartido, la dejó durmiendo y se vistió. A resultas de la tormenta, la dirección de The Palisades enviaría un barco. Su intimidad estaba a punto de concluir y tal vez no tuviera otra oportunidad de obtener las respuestas que necesitaba.

Recorrió la isla para evaluar los daños. Cuando vio el tamaño de la rama que había atravesado el ventanal, se le encogió el estómago. A su regreso, la puerta que daba al porche estaba abierta.

La vio en el porche. La luz matutina silueteaba su cuerpo a través de la camisa, y cuando alzó una mano para apartarse el pelo de la cara, su belleza lo golpeó de lleno.

Se tensó con algo más que lujuria o aprecio por la imagen que veía. Había algo en su lenguaje corporal, en la tensión de su cuello y en cómo se aferraba a la barandilla, que denotaba su tensión interior y que él absorbió.

A la luz del día, debía estar arrepintiéndose de lo que habían hecho en la oscuridad. Suponía que lo culparía, pero él no tenía ninguna sensación de culpabilidad. Lo hecho, hecho estaba.

La había llevado allí para seducirla, para darle razones que la llevaran a cancelar la boda. La noche anterior ni siquiera había pensado en eso, pero no podía simular que lamentaba lo ocurrido.

Se preguntó si Carlisle estaría en el complejo central, esperando su regreso. Dudaba que no fuera así. Suponía que lucharía con uñas y dientes para no perder a Susannah.

Ella volvió la cabeza y lo vio. Sonrió, pero fue una sonrisa tensa y frágil, el arrepentimiento velaba sus ojos.

—Te he visto paseando —dijo ella—. Parece que han caído muchos árboles. ¿Hay muchos desperfectos en la casita de abajo?

Van odió la recriminación en sus ojos y la falsa nota risueña de su voz.

–¿Vas a simular que lo de anoche no ocurrió?

–De momento, sí –dijo ella, tensa y suplicante–. Ahora no puedo…

–Tiene que ser ahora.

Ella lo miró con ojos muy abiertos e inquietos.

–¿Por qué?

–Hay barcos en la bahía. Imagino que uno de ellos viene hacia aquí.

–Ah. Entonces será mejor que me duche.

–Después de que hablemos, Susannah.

Interceptó su movimiento para entrar en la casa, intentó no distraerse por el cuerpo desnudo bajo la camisa y esperó a que ella lo mirara. Vio en sus ojos que estaba molesta consigo misma.

–Eh –musitó–, no te castigues –con una mano, le colocó el cabello tras la oreja y le acarició la mandíbula con el pulgar–. Era inevitable.

–No –ella sacudió la cabeza y se apartó–. Me diste la oportunidad de rechazarte. Y no lo hice.

–Estás en esta isla por mi culpa.

–Estoy aquí porque elegí estarlo –dijo ella con voz entrecortada–. No debería haber venido. Debería haberme quedado en Melbourne. Debería estar de luna de miel.

Van la miró unos segundos, dudando haber oído correctamente. Oyó un zumbido y vio un helicóptero que se acercaba a la isla.

–No vas a casarte con Carlisle –dijo, volviendo a concentrarse en Susannah.

–¿Después de anoche? –susurró ella con ojos llenos de remordimiento–. No, supongo que no.

***

Donovan había predicho que no podrían hablar una vez llegara el grupo de rescate, con razón. Cuando llegaron al complejo, estuvieron siempre rodeados por solícitos empleados. Después, el helicóptero los llevó al aeropuerto para que tomaran un vuelo a Melbourne. Fue todo tan eficiente y rápido, que no pudieron hablar hasta que estuvieron en el avión. Entonces él la miró y ella supo que era inevitable hablar del futuro.

–¿Qué ocurrirá cuando lleguemos a Melbourne? –le preguntó, ladeando la cabeza.

–Arreglaremos el tema del contrato de The Palisades. Después hablaremos… –se acercó y le dio un golpecito en la mano– de nosotros.

A Susannah se le aceleró el corazón, y tuvo que controlarse para no ver una promesa en sus palabras. Antes tenía que solucionar las cosas con Alex. Luego estaba su empresa, que quebraría si no recibía una inyección de fondos.

–Esta tarde tengo una reunión con Armitage –dijo él.

No había perdido tiempo en volver al trabajo. Ella ni siquiera sabía cuándo había telefoneado al director ejecutivo de Horton. La excitación que había sentido con ese «de nosotros» se esfumó.

–¿Tan pronto? –protestó–. ¿No deberías esperar hasta que hable con Alex?

–Necesito poner todo en marcha antes de irme.

–¿Te vas? –se enderezó y le miró a los ojos–. ¿Cuándo?

—Depende de la reunión, pero lo antes posible.

—¿Por Mac? —adivinó ella.

La azafata interrumpió el intercambio, pidiéndoles que escucharan las instrucciones de seguridad. Susannah, mirando la pantalla, digirió la información. No había pensado que se iría tan pronto. No se había permitido pensar más allá…

—Ven conmigo —le dijo él al oído, con voz grave. Atónita, giró la cabeza y se enfrentó a sus ojos plata, agudos e intensos.

—No puedo —dijo, con el corazón en un puño—. Tengo que hablar con Alex, y tengo mi empresa. No puedo dejarlo todo y marcharme sin más.

—¿No ibas a hacerlo para tu luna de miel?

—Sí, pero… —su voz se apagó y volvió a mirar la pantalla. Una luna de miel duraba dos semanas. Él le estaba pidiendo… No sabía qué quería decir ese «ven conmigo»—. ¿Podemos esperar a que haya hablado con Alex?

—¿Cuándo?

—No lo sé. Tan pronto como pueda.

Él se quedó silencioso; ella pasó el resto del vuelo dando vueltas a la conversación. Donovan le había dicho que no se culpara, pero era imposible no hacerlo. Había actuado con deshonor, sin fuerza de voluntad. No podía exculparse achacando sus acciones al miedo, a la adrenalina, o al regocijo de estar viva. Tenía que decirle a Alex que el aplazamiento temporal de la boda era permanente.

No podía casarse con él cuando otro hombre era dueño de su corazón.

***

Su madre la esperaba en el aeropuerto, y el efusivo abrazo que le dio a Susannah contrastó con la frialdad de su recepción a Donovan. Por cortesía, Miriam se ofreció llevarlo a la ciudad.

–Prefiero ir por mi cuenta –rechazó él–. Llámame –le dijo a Susannah.

Ella leyó el resto de la frase en sus ojos: «después de hablar con Carlisle». Al verlo alejarse con pasos decididos, sintió una sensación de pánico y pérdida. Su madre debió verlo en su rostro, porque chasqueó la lengua.

–Oh, Susannah. ¿Es que no aprendiste la lección la última vez?

–No sé qué quieres decir.

–Puedes intentar engañarme a mí, cariño, pero no te engañes tú –le reprochó su madre–. Te utilizó la primera vez y ha vuelto a utilizarte.

–¿Qué quieres decir con eso?

–¿Sabes que va a reunirse con Horton esta tarde? Llamó en cuanto llegó a la isla, buscando un trato. Según Judd, está seguro de que los Carlisle no seguirán adelante con la compra de The Palisades. ¿Significa eso que has cambiado de opinión respecto a casarte con Alex?

Susannah asintió y, aunque su madre frunció el ceño, no dijo nada.

–¿No vas a intentar convencerme de que es una decisión precipitada y estúpida? –dijo junto al coche.

—Por desgracia, estoy de acuerdo contigo. No puedes casarte con él.

—Creí que querías a Carlisle como yerno —Susannah parpadeó sorprendida.

—Así era, pero… —movió la mano, desechando la idea—. No importa.

Pero a Susannah sí le importaba, y cuando estuvieron en la autopista, insistió.

—¿Por qué no me lo dices? ¿Qué ocurre?

—Algunas cosas es mejor no saberlas.

—Tengo veintiocho años. Por favor, no me ocultes cosas por mi bien.

—De acuerdo —aceptó Miriam tensa, tras reflexionar—. No iba a decírtelo, pero supongo que te enterarías antes o después. No sé cómo no es portada de la prensa del corazón a estas alturas.

—¿Te refieres a Donovan y a mí? No creo…

—No, tú no. Alex Carlisle. Ha pasado el fin de semana con otra mujer.

Susannah abrió la boca, pero no pudo hablar. La cerró. Movió la cabeza. Probó de nuevo.

—No. Alex no. Él no haría eso.

—Los vi en la entrada del Carlisle Grand el domingo por la tarde. La mujer era alta, rubia, llamativa en el sentido vulgar de la palabra. Conducía una moto —Miriam respingó con desdén—. Él la besó delante del portero del hotel. A plena luz del día, cualquiera podría haberlo visto. Y siguió un indiscreto abrazo. Lo siento, cariño, ¿entiendes que no quisiera decírtelo?

Susannah, que intentaba procesar la información, no contestó. ¿Alex y Zara? Era imposible. Pero ella había pedido a su hermana que llevara el mensaje al hotel. Y eso explicaría que Alex no la hubiera llamado ni buscado. Si era verdad, romper el acuerdo matrimonial sería mucho más fácil de lo que había esperado.

—¿Estás segura de que era Alex?

—Era Alex. Veamos —añadió Miriam rápidamente—. Ese Donovan Keane. ¿Lo quieres?

No tenía sentido darle largas. Su madre había leído la verdad en su rostro en el aeropuerto.

—No habría ido a Tasmania si no fuera así.

—Eso me temía.

—No me juzgues, mamá —Susannah enderezó la espalda—. No lo conoces. No sabes por lo que ha pasado ni cuánto desea comprar The Palisades.

—Creo que sí lo sé —la mirada oscura de su madre hizo que a Susannah se le paralizara el corazón un segundo—. La pregunta es, ¿hasta qué punto lo deseas tú a él?

Ir al hotel de Donovan no era lo más inteligente que Susannah había hecho en su vida. Debería haberse dado tiempo para pensar, para darle vueltas a la reacción que había provocado el comentario de su madre. Pero allí estaba, en el vestíbulo del Lindrom, esperando a que Donovan contestara al teléfono de su habitación. Cuando saltó el contestador, cerró los ojos con desesperación. Esa iba a ser la historia de su vida.

«Susannah Horton vivió hasta los noventa y nueve pero, por desgracia, pasó la mitad de esos años dejando mensajes y esperando respuesta».

Ella había imaginado que llamaría y le diría: «Necesito verte», él le diría: «Sube», y luego…

—¿Susannah?

Ella dio un salto con el corazón desbocado.

—Estaba llamándote a tu habitación.

—No estoy allí.

No, estaba delante de ella. Guapísimo, maldito fuera, con un traje oscuro y corbata. La miró de arriba abajo, captando vestido, medias, zapatos. El cabello doblegado y perfecto.

Ella sintió un cosquilleo nervioso en el estómago, pero le gustó que la escrutara. Aunque estuviera molesta con él, había dedicado tiempo a elegir el vestido negro y más aún a arreglarse.

—Cuando te he visto ahí, esperaba ver una maleta a tu lado. Esto… —la miró de arriba abajo— parece más una cita que el principio de un viaje.

—Siento decepcionarte.

—No estoy decepcionado, pero si hubiera sabido que estabas esperándome habría acortado la reunión.

Eso le recordó a ella por qué estaba allí. Tomó aire y lo miró con frialdad.

—Me extraña que la reunión se alargara, considerando lo claras que tenías las cosas.

—Las noticias vuelan en Horton —dijo él.

—Si hablas con Judd Armitage de cualquier cosa relativa a Horton, mi madre se entera.

—¿Debo suponer que tienes algún problema con el trato que he propuesto?

—¿No crees que deberías haberlo consultado conmigo antes? —preguntó ella, indignada—. Tal vez, incluso podrías haber esperado a que hubiera roto mi compromiso.

—No tengo tiempo que perder. Tenía que iniciar las negociaciones —dijo él, sereno.

—¿Exigiendo el mismo trato y los mismos términos que Alex?

—Como he dicho, un punto de partida.

Susannah movió la cabeza y soltó una risita.

—¿Por qué iba a acceder a otro contrato matrimonial? —preguntó, moviendo las manos—. ¿Cómo has podido plantear algo así?

—¿Qué tienes en contra de la idea? —preguntó él, tras un momento de silencio—. Ibas a casarte con Carlisle. Si yo no hubiera vuelto, te habrías casado con él el sábado pasado. Supongo que tu objeción es que no quieres casarte conmigo.

Casarse con Donovan. Se le disparó el corazón solo de pensarlo; tuvo que tomar aire.

—Con Alex sabía exactamente dónde estaba.

—Y querías casarte con él.

—Sí. Quería todo lo que esa boda suponía.

—Entonces, te pregunto, ¿qué parte de ese todo no te ofrezco yo? No es el dinero ni el rescate de tu empresa. Y no es el sexo —hizo una pausa y captó su mirada, haciéndole recordar la pasión compartida—. ¿Es el apellido Carlisle? ¿O la gran familia feliz? —como no obtuvo respuesta, se acercó a ella con un destello de ira en los ojos—. ¿Por qué él, Susannah, y no yo?

—Porque él me lo pidió —contestó ella con pasión—. Es así de sencillo, Donovan. Él no llevó el trato a Horton por impaciencia. Sí, también tenía prisa, pero no buscó el camino más fácil. Me hizo una propuesta y me dio tiempo para pensarlo.

–Sin embargo, no diste el paso...

–¡Ahora mismo cuestiono por qué no lo hice!

Se miraron fijamente. A Susannah se le nubló la vista por la intensidad del momento; tanto que no vio al recepcionista acercarse.

–Disculpe, señor Keane.

Ella había olvidado donde estaba; miró a su alrededor y, por fortuna, en el vestíbulo solo estaban ellos y el recepcionista.

–Tiene una llamada de la señorita O'Hara –decía el hombre–. Ha insistido en que lo buscara, es una emergencia. Puede usar mi despacho.

–Tengo que contestar –le dijo Donovan a Susannah con el ceño fruncido mirando su reloj.

–Esperaré –contestó ella.

Él asintió y se alejó. Ella hizo la conversión horaria mentalmente. Era demasiado temprano en California para que su secretaria le llamara por un asunto de negocios.

Cuando Donovan salió del despacho, ella ya había dado una docena de vueltas al vestíbulo. Ver su expresión confirmó sus peores sospechas.

–¿Se trata de Mac?

–La han llevado al hospital –contestó él, yendo directo al ascensor. Pulsó el botón–. Me voy.

Susannah no necesitó pedir detalles.

–¿Puedo ayudar de alguna manera? ¿Llamar a las aerolíneas? ¿Buscarte un vuelo?

–No es necesario.

–Es mi trabajo. Puedo conseguir que estés en el primer vuelo a San Francisco, ya sea desde Melbourne, Sídney, Auckland o…

–Gracias, pero Erin ya está en ello –el sonido de una campanita anunció la llegada del ascensor–. Por eso tenía prisa para solucionarlo todo. Antes de que fuera demasiado tarde.

–Hablaré con Alex y con Judd. Me aseguraré de que se acepte tu puja inicial.

Ya en el ascensor, se volvió hacia ella y la miró con ojos que desvelaban su tormenta interior. Susannah comprendió, de repente, que sus palabras habían sugerido algo que no pretendía. Él las había entendido como una confirmación de que no quería casarse con él.

Capítulo Once

La lluvia llegó con la noche, un diluvio que borró la vista que Van tenía de la bahía y lo atrapó en la cárcel de sus propios pensamientos.

Esa tarde le había dicho su último adiós a Mac, en un breve funeral privado. Después había vuelto a la casa que había alquilado en Sausalito después de su estancia en el hospital.

Él se habría conformado con una habitación de hotel cerca de las oficinas de Keane MacCreadie pero Mac había organizado el alquiler. Había alegado que las vistas al mar, los paseos por la playa y un gimnasio cercano merecían la pena. Van había cedido porque Mac vivía muy cerca de allí y resultaba más fácil visitarla.

Pero no la había visitado lo suficiente. Había pasado varias semanas recuperando la fuerza física. Y más investigando por qué había fallado su puja y preparando su segundo viaje a la zona.

Un viaje que había perdido su sentido con la muerte de Mac. Había fallecido pacíficamente, sin recuperar la consciencia, gracias a Dios. Van había llegado demasiado tarde para despedirse, y lo abrumaba saber que, en última instancia, le había fallado.

Había pasado demasiados días en Australia. Podría haber cerrado el trato el primer día, si no lo hubiera dominado su instinto de venganza. Y su empeño de tener a Susannah Horton deseosa y caliente en su cama.

Debería haber estado en casa, con Mac; era la única familia que ella tenía.

La ópera que estaba escuchando terminó con un angustioso crescendo, el acompañamiento perfecto para la cena que no había tocado. Se levantaba para elegir una pieza más serena cuando oyó el timbre de la puerta. Frunció el ceño. El timbrazo era constante, como si alguien llevara un buen rato pulsando el botón. Con la ópera sonando a todo volumen no lo habría oído.

Se planteó ignorarlo. No esperaba visitas, no daba su dirección a nadie. Pero la curiosidad ganó la partida y fue hacia la puerta.

Al abrir no vio a nadie. Escrutó entre la lluvia, y al borde de la zona iluminada del porche, captó un movimiento. Un impermeable color marfil y un paraguas amarillo se detuvieron, giraron y cambiaron de dirección.

A Van le dio un vuelco el corazón y el pulso se le disparó. No podía estar allí. No tras su cáustica despedida en Melbourne, hacía una semana.

Pero allí estaba, corriendo hacia la casa por el sendero. De repente, la perspectiva de su compañía no le pareció tan mala. Tenía el estado de humor perfecto para una confrontación.

Ya en el porche, ella bajó el paraguas y la luz transformó su cabello en un halo de fuego. Una sonrisa tentativa curvó sus labios, y Van volvió a sentir la necesidad de ese calor, de ese fuego.

–Parece que tenemos una conexión cósmica con la lluvia –dijo ella, sacudiéndose el agua de la manga. Entonces vio su rostro y su sonrisa se nubló–. Perdona, no pretendía sonar… insensible –sacudió la cabeza y resopló.

Van se odió porque parte de él quería suavizar el momento, devolver la sonrisa a su rostro. Otra parte de él quería entrar en la casa y cerrarle la puerta en las narices. Detener las emociones que desataba en él solo con estar allí. Con ser ella.

Una parte aún mayor anhelaba meterla dentro de la casa, apoyarla en la puerta, desabrochar su impermeable y paliar la fría tormenta de ese día con el calor de su cuerpo.

–Sabía que sería incómodo aparecer así…

–Entonces, ¿por qué no llamaste?

–Lo intenté, varias veces. O bien no contestas al teléfono, o no contestas a mis llamadas. Erin tuvo la amabilidad de darme tu dirección.

–¿Seguro que fue Erin? –Van enarcó una ceja. Erin era todo menos amable.

–Sí, alta, de pelo oscuro, ojos bonitos. Desagradable, hasta que le dije por qué necesitaba tu dirección.

–¿No se te ocurrió que podía no estar en casa?

–Vi la luz y oí la música antes de dejar que el taxi se marchara.

–¿Y si no hubiera abierto la puerta?

–Eso sí lo pensé –admitió ella–. Salí a ver si el taxi

aún estaba cerca, entonces se encendió la luz del porche –a pesar de su expresión de pocos amigos, o tal vez por ella, cuadró los hombros–. Pero habría vuelto mañana.

–¿Por qué ibas a hacer eso?

Ella desvió la mirada y apretó los labios, como si quisiera recuperar la compostura. Cuando volvió a mirarlo sus ojos verdes estaban húmedos.

–Ya sabes por qué.

Sí, lo sabía, pero esas lágrimas y la ronquera de su voz lo estremecieron.

–He sentido mucho lo de Mac –dio un paso hacia él, pero Van la mantuvo a distancia con la gelidez de sus palabras.

–Suponía que te habrías enterado. Ocurrió en un momento muy inoportuno, ¿verdad?

Ella alzó la cabeza y sus ojos se ensancharon con una mezcla de dolor y confusión.

–He venido en cuanto he podido.

–¿En serio? –el recuerdo de los últimos cinco días, la culpabilidad, recriminaciones y futilidad, y el haber deseado tenerla a su lado, le quemaban como ácido–. Has perdido el tiempo. Ahora Mac se ha ido. No tengo ninguna razón para seguir adelante con la compra de The Palisades. No necesito nada de ti.

Susannah sabía que había corrido un gran riesgo. Había tomado otra de esas decisiones instintivas y problemáticas, dejándose llevar por su corazón. A pesar de la fría recepción, seguía creyendo que había hecho bien.

Ese día él había enterrado a su mentora, socia y abuela, la persona por la que habría hecho cualquier cosa, y el dolor estaba grabado en cada línea de su rostro. Si estaba evitando a todo el mundo, como había sugerido Erin, si esa era su manera de enfrentarse a la pérdida, tendría que esforzarse más. Ella no lo aceptaría.

—No voy a marcharme, Donovan —alzó la barbilla y lo miró a los ojos—. No he venido por el contrato; he venido por ti. He pensado que esta noche te vendría bien una amiga.

—¿Amistad? —soltó una risa seca—. ¿Eso consideras nuestra relación?

—Pensé que éramos más que eso. Al menos, creía que habíamos superado la etapa de hablar en el porche. ¿No va a invitarme a entrar?

Durante un momento creyó que se negaría, pero él abrió la puerta y le cedió el paso. Pero el brillo acerado de sus ojos no era nada amistoso. Susannah se estremeció con un escalofrío que no tenía nada que ver con la lluviosa noche.

—¿Me das el impermeable?

La puerta se cerró de golpe y los nervios de Susannah dieron un bote. Se desabrochó el cinturón y los botones. Él, a su espalda, la ayudó a quitarse el impermeable.

—Gracias —murmuró, mirando a su alrededor.

Era su casa, temporal, pero aun así quería verla. Mientras estaba fuera la habían consumido los nervios y la angustia de la música que sonaba dentro. Solo tenía una impresión de paredes encaladas y terracota;

comprobó que el tema mediterráneo se mantenía en el interior. Paredes blancas con texturas, arcos entre las habitaciones, alfombras tejidas, tiestos con palmeras y toques de color rojo, oro y negro en los muebles.

Se sintió irresistiblemente atraída hacia la cocina y el olor a comida. Sus nervios se calmaron al recordar la última noche en Isla Charlotte y la camaradería que habían compartido trabajando codo con codo.

–Lo que has cocinando huele delicioso.

Con la esperanza de identificar el plato, inhaló profundamente y comprendió que el olor a carne guisada estaba matizado por algo dulce. Entonces vio las flores. Lirios blancos. La calma la abandonó de nuevo. Giró sobre los talones; Donovan seguía junto a la puerta, observándola.

–Lo siento mucho –dijo–. Cuando te marchaste de Melbourne no imaginé que le quedara tan poco tiempo.

–Nadie lo imaginaba.

–¿Ni siquiera tú?

–¿Crees que habría viajado a Australia y desperdiciado días en la isla de haberlo sabido?

La pregunta resonó en el corazón de Susannah. Él lamentaba los días que habían pasado juntos.

–No fueron días desperdiciados –le dijo.

–¿Días pasados persiguiendo un trato sin sentido?

–No, no era un trato sin sentido. ¿Cómo puedes decir eso? Hiciste el viaje por Mac, para devolverle la propiedad del lugar que amaba. ¿Crees que ella habría querido que abandonaras eso? ¿No habría deseado volver a ver isla Charlotte en manos de los MacCreadie?

–Yo no soy un MacCreadie –rezongó él.

–¿Es eso lo que pensaba Mac? Me dijiste cuánto había hecho para encontrarte. Admitió la verdad tras años de silencio sobre vuestro parentesco. Claro que te consideraba familia. Dime, si la compra hubiera llegado a término después de julio, ¿qué habría pasado ahora? ¿A quién le habría dejado la propiedad?

–Soy su único heredero –contestó él como si fuera algo indeseado e inmerecido.

Susannah comprendió. Sintió dolor por su pesar e ira por sentirse como si hubieran vuelto a atracarlo. Él no quería el legado de Mac, quería tiempo para devolverle parte de lo que ella le había dado.

–Entiendo cuánto significaba Mac para ti y cómo debes sentirte…

–¿En serio? ¿Tienes idea de lo que es que nadie crea en ti excepto una mujer dispuesta a apoyarte con todas sus posesiones? ¿Sabes lo que es pasar treinta años sin saber de dónde vienes, encontrar las respuestas y a tu familia y perderlo todo semanas después?

Su voz sonó desolada y llena de fervor.

–Diablos, Susannah. Ni siquiera estuve a su lado. La única vez que me necesitó, no estuve.

Susannah no tenía respuesta. Lo que más deseaba era salvar la distancia que los separaba, rodearlo con los brazos y consolarlo, hacerle saber que no estaba solo. Que la persona que había perdido no era la única que lo amaba. Pero él lo impidió con su postura rígida y mirada hostil.

–¿Has considerado esto desde el punto de vista de Mac? –le preguntó–. ¿O solo desde el tuyo?

–Mac murió sola. Es el punto de vista que considero.

«Oh, Donovan», pensó ella. Se estremeció. Como él no contestaba al teléfono, había supuesto que estaba junto a la cama de Mac. Había esperado que llegara a tiempo, al menos para despedirse.

—No lo sabía. Lo siento muchísimo.

Él no contestó, pero vio que un músculo se tensó en su mandíbula. Después, se apartó de la puerta y fue hacia las ventanas que daban a la bahía.

—Desde otra perspectiva –dijo ella, cautelosa–. Imaginó que Mac estaba muy orgullosa de tu éxito. No habría invertido cuanto tenía, hace años, si no hubiera creído en ti. Ni te habría confiado su secreto ni su herencia si no te hubiera querido.

—Aun así, murió sola.

—No, Donovan. Estaba sola antes de encontrarte. Murió sabiendo que tenía un nieto que la quería y que la apoyó en todos los sentidos durante sus últimos años.

La mirada de él se perdió en el vacío.

—No lo bastante –dijo él–. Negocios, viajes, no pasé aquí el tiempo suficiente.

Van vio en el cristal cómo se acercaba, el movimiento de su cabello y del vestido azul verdoso que acariciaba las curvas de su cuerpo. Deseó concentrarse en esas curvas, en sus piernas, en el recuerdo de su piel desnuda y suave bajo su cuerpo. Pero eso le provocó la necesidad de sus brazos, de su consuelo, de su mirada asegurándole que estaba allí para él.

Fue una sensación demasiado intensa, y Van se retrajo mentalmente. Había revelado demasiado, se había expuesto. Era muy fácil con ella, aunque no había hecho nada para merecer su confianza.

Ella llegó a su lado. Percibió cómo se preparaba para un nuevo y fútil intento de consolarlo. Cuando puso la mano en su hombro sintió una punzada de respuesta y el intenso deseo de más contacto.

–Si de veras quieres que me sienta mejor –dijo–, el dormitorio está tras ese arco.

–¿Eso hará que te sientas mejor?

–Desde luego no empeorará las cosas.

–De acuerdo –dijo ella tras una leve pausa, sorprendiéndolo–. Si eso es lo que te hace falta.

–¿Lo que hace falta para qué? –preguntó Van, estrechando los ojos.

–Para que aceptes que estoy aquí por ti.

Él sabía lo que debería haber hecho. Debería haber puesto fin a la conversación apoderándose de su boca. Debería haber agarrado la mano que ella había retirado y vuelto a ponerla en su cuerpo. En un lugar mucho más volátil que su hombro.

Debería haber empezado a bajar la cremallera del discreto vestido y a apartar su ropa interior de encaje. Allí mismo, contra el ventanal.

Pero, maldita fuera, con esa simple afirmación había azuzado su desconfianza respecto a los motivos de su presencia allí.

–Dices que estás aquí por mí –se volvió hacia ella y la miró a los ojos–. Pero ¿qué me dices de tus propios intereses?

–¿Mis… intereses? –lo miró confusa.

–Tu madre, tú y la empresa Horton perderéis mucho si no me convencéis para que reevalúe la compra de The Palisades. Has perdido a Alex Carlisle como comprador y como marido. No puede ser fácil encontrar compradores dispuestos a que los engañen con cláusulas contractuales.

–Eso no es justo –contraatacó ella. Sus ojos verdes destellaron–. Tú pediste las cláusulas adicionales. No fue cosa nuestra.

–Pedí lo mismo que Carlisle. Ni más, ni menos.

–Pero no me preguntaste a mí.

Se dio la vuelta para irse, pero él la detuvo. Puso las manos en sus hombros, la llevó hacia la ventana y bloqueó su retirada. Había demasiadas preguntas cuya respuesta necesitaba conocer.

–¿Por qué Carlisle? ¿Cuál era la atracción, Susannah? –al ver que ella no contestaba, se acercó más, con la mirada fija en la curva de sus labios–. Ni siquiera os habíais besado, e ibas a…

–Te lo dije la semana pasada. Me ofreció todo lo que deseaba. Todo y un bebé.

Incluso mientras decía las palabras, Susannah deseó haber callado. Vio el impacto que ejercían en él, sintió cómo se tensaban sus manos.

–¿Ibas a casarte con él para tener un bebé?

–Él iba a casarse conmigo para tener un bebé –le corrigió ella. Cuando él siguió escrutándola en silencio, añadió–: Puede parecer un juego de palabras, pero hay una gran diferencia. Alex necesitaba un bebé para que su familia pudiera recibir la herencia de su padre.

–Una bonita razón para tener un bebé.

–Estaba motivado por lo mismo que tú, por una persona por la que haría cualquier cosa. En el caso de Alex, era su madre.

–Buscaba un pedazo de tierra –aseveró él–, no un hijo.

–El bebé no era un mero peón, Donovan –dijo ella. Tenía que explicarse, hacer que él comprendiera–. Los dos queríamos una familia; no un hijo, sino varios, que crecieran juntos, pelearan y se quisieran. Una familia como la de los Carlisle, que harían cualquier cosa unos por los otros. No era una cuestión de dinero o apellido. Se unió el deseo de crear una familia, que yo hubiera cumplido veintinueve años y lo que supuse cuando no devolviste mis llamadas.

–¿Qué tiene esto que ver conmigo? –preguntó él, entrecerrando los ojos.

El corazón de Susannah golpeteó con fuerza. No veía más opción que contárselo todo. Incluyendo lo que más desolación le causaba.

Capítulo Doce

–¿Te has preguntado alguna vez por qué te llamé tantas veces? ¿Por qué estaba tan desesperada por encontrarte, a pesar de creer que me estabas evitando?

Donovan se quedó quieto. Muy quieto.

–¿Estabas embarazada?

Ella asintió y tragó saliva para librarse del nudo que le atenazaba la garganta.

–Durante un breve periodo. Sí.

–¿No utilicé protección?

–Usamos preservativos, pero la última vez… había una posibilidad.

Él estudió su rostro un momento antes de apartarse. En silencio, perdió la vista en la oscuridad que había al otro lado de la ventana. Susannah solo pudo imaginar lo que debía estar sintiendo. Asombro, incredulidad, la impotencia de comprender lo que podía haber sido.

–¿Yo lo sabía? ¿Prometí llamarte?

–Sí.

–Pero no lo hice y no podía contestar a tus llamadas –se volvió hacia ella–. Y Carlisle llegó en el momento perfecto, con el trato perfecto, para ti y para mi bebé.

–¡No! –Susannah movió la cabeza con vehemencia–. Había intentado localizarte, intentaba decidir qué

143

hacer si tú no querías saber nada del tema. Perdí al bebé y me di cuenta de cuánto lo deseaba. Entonces Alex me hizo su propuesta. Por eso estaba abierta a su sugerencia.

–¿A su sugerencia de concebir otro bebé? Dime, ¿eso es como volver a subirse a una bicicleta después de una caída? Mejor hacerlo cuanto antes, para no olvidar cómo se hace.

–No –gimió ella, desolada por la cruda analogía–. No acepté casarme con él de inmediato. Le pedí tiempo. No me acosté con él.

–¿Esta vez querías una alianza en el dedo?

–Quería tiempo para reconsiderarlo, para pensarlo bien cuando no me sintiera tan vacía y desesperanzada. Quería asegurarme de que mi razonamiento era válido, no una reacción emocional a mi pérdida. Necesitaba estar segura.

–¿Segura de qué? –por primera vez, su helado control se rasgó, mostrando ira en los ojos–. ¿De que querías un bebé? No importaba si era de él o mío, o si tu relación se basaba en amor o en avaricia o en un montón de hojas de contrato. Lo querías para ti. No pensaste en el bebé ni en cómo vería la relación de sus padres.

–No es verdad. Teníamos razones sólidas…

–Tan sólidas que huiste del día de tu boda. Tan sólidas que pasaste tu luna de miel en mi cama.

Susannah, apabullada, se esforzó por mantener la cabeza bien alta. Por controlar las lágrimas.

–Sabes por qué fui a Tasmania.

–Porque puse en peligro tu farsa de boda… ¿o porque buscabas una excusa para no celebrarla?

—Porque me llamaste, porque oí tu voz en el teléfono, porque no pude evitarlo —contraatacó ella, con voz sonora y rebosante de fuerza—. Maldito seas, Donovan. No me limité a dejarme caer en tu cama. Estabas allí. Lo sabes.

—¿Por qué te acostaste conmigo?

—Por la misma razón por la que he venido aquí hoy, por la misma razón por la que no me marché al ver tu recibimiento. Por la misma razón por la que estoy aquí arguyendo sobre algo que no quieres oír. Porque te quiero.

—¿Me quieres? —resopló con cinismo—. ¿Pero no aceptas un contrato que te ataría a mí?

—No quiero estar atada a ti por un negocio —le devolvió ella—. Con Alex no importaba, contigo sí importa. Todo se amplifica. El breve júbilo cuando pensé que iba a tener tu bebé. No poder ponerme en contacto contigo y comprender que me habías utilizado ese fin de semana, que no ibas a alegrarte de la noticia. Tenía el matrimonio perfecto, la vida perfecta… en mis manos hasta que volviste.

Él estaba tan tenso que ella se preguntó si algo de lo que había dicho había penetrado esa barrera de resistencia. O no la creía, o no quería creerla. Igual daba que fuera una cosa o la otra.

Había intentado explicarle por qué había sido difícil rechazar la propuesta matrimonial de Alex. Si no aceptaba eso, ¿cómo iba a convencerlo de algo tan inexplicable como su amor?

—Sé que este no es el mejor momento para desvelarte mi alma —le dijo—. No es la razón de que haya venido;

no ha sido por mí ni por mis sentimientos, pero ahora lo sabes todo y no me arrepiento de haberlo dicho.

—¿Por qué no me lo dijiste antes?

—Tal vez porque sabía que llegaríamos a esto.

Durante un momento, el antagonismo de ese «esto» se alzó entre ellos, y fue demasiado. Antes de que él pudiera decir más, ella movió la cabeza negativamente, para detenerlo.

—Creo que los dos hemos dicho bastante. Llamaré a un taxi.

—¿Dejas caer esas bombas y lo dejas así?

—Hasta que ambos hayamos reflexionado, sí.

—¿Tienes que pensarlo más? ¿Cambiar de opinión otra vez? ¿Decidir si esto es amor verdadero?

Susannah no tenía respuesta para esas crueles preguntas. Estaba harta. No podía quedarse allí mientras él desgarraba su promesa de amor y se reía de las difíciles decisiones que había tenido que tomar esos últimos meses. Prefería irse mientras aún le quedara un poco de dignidad. Antes de que empezaran a brotar las lágrimas.

Sacó el teléfono del bolso. Había grabado el número y solo tenía que controlar el temblor de sus dedos para pulsar la tecla.

—No hace falta que llames a un taxi. ¿Dónde te alojas?

—En el Carlisle.

—Te llevaré —dijo él, apretando los labios.

Ella deseó decirle lo que podía hacer con su oferta..., pero prefirió no discutir. Desde su llegada, él había buscado la confrontación. Tal vez, como un animal

146

herido, necesitaba atacar por el dolor de la pérdida de Mac. Ella lo había permitido, pensando que podía absorber parte del dolor con su cariño. Pero ya no podía más.

En el coche, cerró los ojos y lo borró de su mente, envolviéndose en el silencio mientras el coche avanzaba en la lluviosa noche. En el hotel, cuando él bajó para abrirle la puerta, se vio obligada a mirarlo… y a enfrentarse al hecho de que esa podía ser la despedida definitiva.

En ese momento, su coraje se disolvió. No podía mirarlo a los ojos. Tampoco podía darse la vuelta y marcharse sin decir nada.

Era más fácil, mucho más, inclinarse hacia su cuerpo y besarle la mejilla. Percibió su inmovilidad, la tensión de su mandíbula. Curvó los dedos sobre la solapa de su chaqueta: un último contacto.

–Cuídate –le dijo. No tenía sentido decirle que la llamara o mantuviera el contacto. Eso ya lo había hecho dos veces, sin éxito–. Lamento tu pérdida –cuando se apartó para irse, él le agarró el brazo y sus miradas se encontraron un instante.

–Yo lamento la tuya, Susannah. Ojalá no hubieras tenido que pasar por eso sola.

Las lágrimas asolaron sus ojos de inmediato, pero sabía que si dejaba escapar una, no podría parar. Asintió con la cabeza, se soltó y consiguió alejarse con cierta dignidad.

***

–¿Puedes aceptar la maldita llamada? –ladró la agraviada voz de Erin por el intercomunicador–. Es tu negocio, tu trato, ¡ella no puede empeorar el mal humor que hemos soportado estas últimas semanas!

Van supuso que sería de Horton, respecto a The Palisades. Ella tenía que ser Miriam Horton. Y su secretaria tenía razón, imposible empeorar.

–Pásamela –dijo.

–Hola, ¿Donovan? Soy Susannah.

Van se enderezó en la silla, tensándose al oír la inesperada voz. Se quedó sin aire, como si hubiera recibido un puñetazo. No había esperado volver a saber de ella. Había pensado en llamarla muchas veces pero, ¿qué diablos podía decirle? No sabía cómo arreglar las cosas. Si no podía darle todo lo que ella deseaba, ¿qué tenía que ofrecer?

–¿Donovan? ¿Estás ahí?

–Susannah, sí, estoy aquí –miró su reloj y sintió un pinchazo de alarma–. Es de madrugada en Melbourne. ¿Va todo bien?

–No estoy en casa.

–¿Sigues aquí, en San Francisco? –habían pasado casi dos semanas, pero podía ser.

–No –contestó ella rápidamente. Demasiado rápido–. Estoy en la montaña. Como había organizado estar fuera de la oficina unos días…, decidí tomarme unas vacaciones.

Él no sabía qué demonios contestar a eso. «Espero estés disfrutando en lo que debería haber sido tu luna de miel».

–¿Para reflexionar? –apuntó.

148

Siguió un momento de silencio, lo bastante largo para que él se odiara por sus palabras.

—Sí, a decir verdad. Pasear aquí arriba es muy bueno para despejar la mente y pensar.

—En la isla me dijiste que no eras aficionada a hacer ejercicio.

—No lo soy, pero necesito reforzar mi fuerza vital –repuso ella con ironía–. Pero no he llamado para hablar de mí.

—¿No?

—He hablado con mi madre sobre el contrato de The Palisades. Quería decirte que Judd te llamará para hablar de nuevas condiciones, similares a las de tu puja original.

—¿No encontráis otro comprador?

—No creo que eso sea problema, pero te mereces la primera opción de compra.

—Te dije que ya no estaba interesado.

—Y espero que hayas reconsiderado tu opinión –tomó aire, y él imaginó su expresión con toda claridad. Cómo alzaba la barbilla unos centímetros y el destello de sus ojos verdes–. No creo que seas lo bastante tonto como para dejar que tu opinión de mí influya en tu decisión, pero te aseguro que no tengo ningún plan ulterior.

—¿Solo quieres asegurarte de que no firme la versión antigua?

—Exactamente.

—¿Y tu negocio? –preguntó él–. ¿Sigues necesitando capital para cubrir el préstamo?

—He llegado a un acuerdo con mi madre. Ahora es accionista de A Su Servicio.

—Lamento oír eso.

—¿Por qué ibas a lamentarlo? —atacó ella—. Tiene ideas excelentes para diversificar el negocio y hacerlo más rentable.

Van deseó preguntarle por sus ideas, por el orgullo que había sentido dirigiendo su propia empresa sin control familiar, pero se mordió la lengua. Prefirió hacer otra pregunta.

—¿Y la otra cláusula del contrato antiguo?

—¿Disculpa?

—¿Y si quiero que seas mi esposa?

Ella tomó aire. Casi fue un jadeo.

—No quieres.

—Pedí los mismos términos que Carlisle.

—Porque querías acelerar los trámites. Lo único que querías era la propiedad.

—No, Susannah. Te quería a ti —con el auricular pegado al oído, se levantó y fue hacia la ventana. Ante él se extendía una magnífica panorámica de la ciudad de la bahía, pero él solo veía su rostro, sonrisa, cabello y ojos verde mar—. Dijiste que me querías.

—Así es —dijo ella con tristeza—, pero no basta.

—¿Porque yo no puedo darte el futuro perfecto que habías planeado?

—Yo creía que sí, pero puede que me equivocara. Tal vez merezca algo mejor —su voz se alzó en la última frase—. Adiós, Donovan. Buena suerte con Judd. Espero que todo vaya bien. Isla Charlotte debería ser tuya.

Él no pudo impedir que le colgara, pero la conversación se repitió en su mente una y otra vez: el timbre meloso de su voz, el acento australiano, el deje de superioridad cuando le dijo que tal vez se merecía algo mejor.

Durante unos segundos pensó que eso último era cierto. Había rechazado un matrimonio que creía que podía cumplir todos sus anhelos. Había cruzado medio mundo para ofrecerle su apoyo. Le había dicho que lo amaba y él había desechado la honestidad de ese regalo, demasiado ocupado en lamerse las heridas y protegerse de otro encuentro con el amor.

No podía culparla por pensar que se merecía algo mejor. No la culparía si se negaba a escucharlo. Pero le diría cuanto era necesario decir, todo lo que había dicho mal la primera vez.

Entonces, ella podría decidir qué merecía él.

«Maldito tiempo», Susannah lanzó un golpe y falló. «Maldito saco de arena». Lanzó otro golpe y esa vez conectó con un sonoro impacto que reverberó desde el puño enguantado hasta el hombre. «Maldito hombre».

Lanzó una serie de golpes desenfrenados. Algunos de ellos hicieron diana. La mayoría no. Pero la satisfacción de conectar alguno la mantuvo golpeando unos minutos, hasta que empezó a jadear y sus músculos se resintieron.

Esquivando la bolsa, se quitó los guantes y agarró la toalla y la botella de agua. Utilizaría la cinta andadora un rato y luego concedería a sus cansados músculos un largo baño caliente. La idea casi la hizo sonreír, mientras se volvía hacia la puerta.

Y entonces lo vio. Apoyado en la pared, junto a la

puerta de entrada del gimnasio. Traje oscuro, camisa blanca, ojos gris plata clavados en ella.

Todo en su interior se quedó inmóvil cuando él acortó la distancia que los separaba con pasos lentos y seguros. Mientras se acercaba, notó cómo examinaba sus mallas, camiseta corta y el nuevo corte de pelo. Los rizos cortos seguían siendo difíciles de manejar, a pesar de la cinta que supuestamente debía asegurarlos.

—Hola, Susannah —se detuvo ante ella, lo bastante cerca para que ella viera la mezcla de admiración y diversión de sus ojos—. Me gusta tu nuevo aspecto. Te sienta bien.

—Eso pienso yo —sus ojos se encontraron un instante, pero luego Susannah desvió la mirada. Solo había pasado un día desde su conversación telefónica, pero ella había endurecido su corazón ante cualquier esperanza—. Estás muy lejos de casa —dijo, con tono frío.

—Tengo asuntos inconclusos.

—¿Cómo has sabido dónde encontrarme? —arrugó la frente, considerando las posibilidades—. Mi madre es la única persona que… —calló de repente—. ¿Miriam te ha dicho dónde estaba?

Él alzó un hombro, un gesto habitual en él, elocuente y eficaz. Y ridículamente atractivo.

—Eso fue lo fácil. Encontrarte aquí… —ladeó la cabeza, indicando el gimnasio— fue más complicado.

—Llueve demasiado para salir a pasear, y necesitaba quemar energía. El saco de arena me pareció la forma ideal de descargar tensión.

—¿Te imaginabas mi rostro en el saco? —preguntó él. Una sonrisa apuntaba en sus ojos y Susannah apretó los dientes. Ya era bastante malo que hubiera aparecido de improviso y que la hubiera observado solo Dios sabía cuánto tiempo. Pensar que su madre le había dicho dónde estaba y no la había llamado para avisarla...

—Debería haber imaginado el de mi madre —dijo ella cortante—. Debes haber hecho una oferta muy buena por The Palisades para ganártela.

La sonrisa desapareció y se puso serio, pero no solo por el impacto del cínico comentario. Ver la tensión de su mandíbula hizo que a ella se le disparara el corazón.

—Esto no tiene que ver con los negocios —dijo él con voz templada—. Tu madre lo sabe. En el fondo es una romántica.

—¿Mi madre? No. Estuvo casada con un hombre que le mintió y le fue infiel durante treinta años, pero nunca desveló que lo sabía. Temía las consecuencias. Le gustaba estar casada con Edgard Horton. Le gustaban la posición y el prestigio, y decidió aguantar lo negativo. Mi madre es pragmática. Dudo que haya sido romántica en toda su vida.

—Quiere que seas feliz.

—¿Y por eso te envió?

—Dice que me quieres.

—¿Y tú la crees? —sus miradas se encontraron de nuevo y, por primera vez, ella vio la tensión, la vulnerabilidad que se ocultaba tras su pose. El pulso se le aceleró con un destello de esperanza—. ¿Por qué ibas a creerla, Donovan, cuando no me creíste a mí?

—Me daba miedo creerte.

—¿Temías dejar que alguien más se acercara a ti? —adivinó ella.

–Sí, estaba eso –admitió–. Y temía no poder ofrecerte nada parecido a lo que esperabas tener con Carlisle –la miró con ojos serios–. Después de hablar contigo ayer, comprendí la verdad. En realidad lo supe la noche que te llevé al hotel. Observé cómo te alejabas y…

Su voz se apagó, como si no encontrara palabras para describir lo que había sentido, pero no hacían falta palabras. Susannah vio cuanto necesitaba ver en su rostro, en sus ojos, en el hecho de que, por fin, se estuviera sincerando con ella.

–No quería que te marcharas –siguió él–, pero no sabía qué decir para que te quedases.

–Habrían bastado unas pocas palabras.

–Lo dices como si eso fuera fácil –alzó una esquina de la boca, pero sus ojos siguieron serios–. Nunca he dicho esas palabras.

–¿Ni siquiera a Mac?

–No puedo perderte a ti también –su rostro expresó una intensa angustia.

Con el corazón rebosante de optimismo, ella le vio tomar su mano entre las suyas. Por primera vez, parecía nervioso. Con miedo. Aterrorizado. Una parte de ella anhelaba paliar su angustia, pero otra le decía que esperarse hasta oír lo que tanto había anhelado escuchar de esa boca.

–Alguien sugirió hace poco que te merecías algo mejor que yo. Esa misma persona dijo que isla Charlotte estaba destinada a ser mía –la miró con una sinceridad que la dejó sin aliento–. No soy Carlisle, no tengo una familia preparada para recibirte. Ni siquiera tengo un hogar, pero eso es lo que deseo tener contigo. Me da igual dónde vivamos. Puedo trabajar desde cualquier sitio. Soy adaptable.

—Eres independiente —apuntó ella—. Aquel fin de semana me dijiste que no necesitabas un hogar.

—Entonces lo creía, pero fue antes de que Mac me dijera la verdad, antes de tener que pararme a pensar en lo realmente importante. Antes de que tú me hicieras reconsiderar el significado de todo —apretó su mano. Ella estaba transfigurada, esperando, anhelando—. Regresé a Stranger's Bay con el único fin de conseguir The Palisades. Entonces te conocí. Te deseé. Me puse excusas. Me dije que solo pretendía poner fin a la boda para conseguir el contrato. Pero no podía soportar la idea de que estuvieras con otro hombre.

—No soportabas la idea de perder —dijo Susannah, descorazonada.

—Te defendiste a ti misma y a tus principios, y eso hizo que te quisiera aún más.

—Desearme no es amor, Donovan.

—Te amo —dijo él, lenta y claramente, con convicción—. Ayer me dijiste que necesitabas mejorar tu fuerza interior, pero tu fuerza es una de las cosas que amo de ti.

Ella empezó a negar con la cabeza, pero él la detuvo con una mirada.

—Eres fuerte cuando importa. Dejaste la empresa de tu padre porque ya no lo respetabas. No seguiste el camino fácil, aceptando su dinero. Renunciaste al acuerdo matrimonial perfecto porque me quieres.

—Sí —afirmó ella, leyendo la pregunta en sus ojos. Tocó su mejilla—. Pero…

—No hay peros. Te mereces un hombre que te ame

con todo su ser, que desee crear un hogar y una familia contigo –allí mismo, entre aparatos de gimnasia, apoyó una rodilla en el suelo–. Te quiero, Susannah, y te pido que seas mi esposa.

–¿Hay alguna cláusula especial? –preguntó ella solemne, aunque tenía el corazón desbocado.

–Hay una, llevar mi anillo –como un mago, sacó del bolsillo un perfecto solitario blanco– en tu dedo como señal de compromiso.

Le puso el anillo y ella alzó la mano.

–Es perfecto –musitó, con los ojos húmedos.

–Es para siempre –dijo él.

–Sí –consiguió decir ella, controlando las lágrimas de júbilo que la ahogaban–. Lo sé.

–¿Eso es un sí y te casarás conmigo? ¿Serás mi esposa?

–Sí. Sí. Te quiero, Donovan. Siempre te he querido.

–Yo también te quiero, Susannah –dijo él. Se levantó, la abrazó y después la alzó en el aire.

–¿Adónde me llevas? –chilló ella, sorprendida.

–A tu dormitorio.

–¿A hacer el equipaje? –preguntó ella, rodeando su cuello con los brazos.

–Eventualmente.

–Mmmm. ¿Estás pensando en algún ejercicio que resulte más gratificante que el gimnasio?

Él rio, una risa traviesa y grave que se reflejó en sus ojos al mirarla.

–Estoy pensando que ahora te tengo donde quería tenerte. Y no voy a dejarte marchar nunca.

Pasión y diamantes
Kelly Hunter

Tristan Bennett era alto, atractivo y enigmático. Y Erin, joyera de profesión, no sabía si era un brillante o un diamante en bruto.

Tristan disponía de una semana libre y accedió a acompañar a Erin a las minas australianas a comprar piedras preciosas.

Una vez que Erin y Tristan emprendieron el viaje, la atracción que sentían el uno por el otro les traía locos.

Erin sabía que eso solo le acarrearía problemas, a menos que ambos pudieran controlar su mutua pasión.

Una joya... en su cama

¡YA EN TU PUNTO DE VENTA!

Acepte 2 de nuestras mejores novelas de amor GRATIS

¡Y reciba un regalo sorpresa!

Oferta especial de tiempo limitado

Rellene el cupón y envíelo a

Harlequin Reader Service®
3010 Walden Ave.
P.O. Box 1867
Buffalo, N.Y. 14240-1867

¡Sí! Por favor, envíenme 2 novelas de amor de Harlequin (1 Bianca® y 1 Deseo®) gratis, más el regalo sorpresa. Luego remítanme 4 novelas nuevas todos los meses, las cuales recibiré mucho antes de que aparezcan en librerías, y factúrenme al bajo precio de $3,24 cada una, más $0,25 por envío e impuesto de ventas, si corresponde*. Este es el precio total, y es un ahorro de casi el 20% sobre el precio de portada. ¡Una oferta excelente! Entiendo que el hecho de aceptar estos libros y el regalo no me obliga en forma alguna a la compra de libros adicionales. Y también que puedo devolver cualquier envío y cancelar en cualquier momento. Aún si decido no comprar ningún otro libro de Harlequin, los 2 libros gratis y el regalo sorpresa son míos para siempre.

416 LBN DU7N

Nombre y apellido	(Por favor, letra de molde)

Dirección	Apartamento No.

Ciudad	Estado	Zona postal

Esta oferta se limita a un pedido por hogar y no está disponible para los subscriptores actuales de Deseo® y Bianca®.

*Los términos y precios quedan sujetos a cambios sin aviso previo.

Impuestos de ventas aplican en N.Y.

SPN-03   ©2003 Harlequin Enterprises Limited

Bianca

Era un hombre que no se parecía a ningún otro que ella hubiera conocido...

Juliet Hammond necesitaba dinero desesperadamente, por lo que accedió a ayudar a un viejo amigo a cambio de una recomendación para conseguir un trabajo. Pero quizá fuera el mayor error de su vida...

Juliet empezó a sospecharlo al conocer al guapísimo italiano Raphael Marchese. Entre ellos surgió una inmediata atracción, pero, por culpa del juego en el que había aceptado participar, Rafe la despreciaba porque la creía una cazafortunas y además daba por hecho que estaba comprometida con otro hombre.

La tensión no hacía más que aumentar y, cuando por fin estalló la pasión, Rafe le hizo el amor apasionadamente... pero no había cambiado la idea que tenía de ella...

TRES ANILLOS
ANNE MATHER

Emparejada con un príncipe
Kat Cantrell

El príncipe Alain Phineas, Finn, le
entregó su amor a Juliet Villere...
y ella le traicionó. A pesar del deseo que aún sentía por ella, Finn
no iba a volver a dejarse llevar
por sus sentimientos, ni siquiera
cuando una casamentera eligió a
Juliet como la pareja perfecta
para él.

Entonces, el destino, personifica-
do en los miembros de la familia
real, decidió intervenir en su relación. Atrapados en una hermosa
isla, tendrían que permanecer
cautivos hasta que Finn fuera capaz de convencer a Juliet
de que se casara con él, terminando así con un enfrentamiento que duraba ya mucho tiempo.

*¿Por qué su corazón anhelaba una
segunda oportunidad?*

[5]